# CARLOS VELÁZQUEZ
# EL MENONITA ZEN

# CARLOS VELÁZQUEZ

# EL MENONITA ZEN

OCEANO

*Este libro se escribió con el apoyo del Sistema Nacional de Creadores de Arte.*

EL MENONITA ZEN

© 2023, Carlos Velázquez

Diseño de portada: Jorge Garnica
Fotografía de portada: Marlon Brando interpretando a un gurú hindú/Bettmann,
vía Getty Images

D. R. © 2023, Editorial Océano de México, S.A. de C.V.
Guillermo Barroso 17-5, Col. Industrial Las Armas
Tlalnepantla de Baz, 54080, Estado de México
info@oceano.com.mx

Primera edición: 2023

ISBN: 978-607-557-864-4

Impreso en México / Printed in Mexico

*Para Celeste Velázquez, Little Baby Nothing*

*Para Javier García del Moral, Wild Detective*

*Not getting angry, I'm staying hungry*
THE STROKES


*Siempre arriba, nunca abajo*
REY TRUENO

# Índice

# El fantasma de Coyoacanistán

Algunas parejas viven en armonía. Otras no. Algunas parejas discuten y pelean. Otras no. A algunas parejas las une el amor. O la soledad. A otras el sexo. A Clau y a mí nos unieron los Mazapunks.

Era la banda favorita de Clau. Y la nueva sensación del rock mexicano.

Serán los próximos Caifanes, me dijo emocionada.

Nadie será tan grande como Caifanes, le respondí.

Estaba repegada a la valla. Era delgadita pero fibrosa. Llevaba una playera de Él mató a un policía motorizado una talla más grande, pero debajo se despachaba un cuerpazo de trapecista del Circo du Soleil. Cabello negro y jíter en la mano derecha. Al que le daba fumadas ocasionales nerviosa de entusiasmo, mientras esperábamos a que Alex Mazapunk, Rigo Mazapunk, Ro Mazapunk y Nico Mazapunk salieran al escenario.

¿Entras gratis a todas las tocadas?, preguntó al ver la cámara colgada de mi cuello.

Cubrir conciertos era parte de una de mis tareas como esclavo de *Deperfil*, el semanario escenoso que se repartía de manera gratuita en todos los establecimientos hípsters de Ciudad Godínez. La otra consistía en sacar a pasear a

Tweedledum y Twidledee, los perros de Rulo, el director de *Deperfil*, cada mañana por la Condesa. Un par de chihuahueños inmamables que siempre se cagaban afuera del Foro Shakespeare. Remilgosos pero cultos.

No era un mal trato. Mis aspiraciones por aquella época consistían sólo en realizar cualquier actividad que menos se asemejara a un trabajo de verdad. Alquilaba un cuartucho en la Roma. Se lo rentaba a un pintor que había salido de la Esmeralda, al que en las pedas se le paralizaba la pierna izquierda. Pedía ayuda a cada rato para ir a miar. Por supuesto que fantaseaba con largarme lo antes posible. Pero la oportunidad de mudarme no se presentaba.

Se me antoja una chela, dijo Clau. Pero no quiero perder mi lugar.

Ya van a salir, acoté.

Te disparo una si te lanzas, ofreció.

Sobres, respondí.

Sacó de la bolsa de su pantalón un rollo de billetes de 500 y me tendió uno.

Qué acaudalados son los punks de ahora, pensé.

Retaché con los litros y le pedí al guarro que la cruzara para este lado de la valla.

Párate aquí, le indiqué. Nomás no te muevas para que no le estorbes a los fotógrafos.

Me llamo Claudia, por cierto, dijo con coquetería.

Sabino, así me conocen todos, contesté seco.

Quién es tu guitarrista favorito, quiso saber.

Pedro Sá, respondí.

No lo conozco.

Nos terminamos las chelas. Me tendí por la segunda ronda. Luego la tercera y la cuarta. Y la banda nunca salió.

El Foro Merlina estaba a reventar. Un tipo, supongo que era el mánayer, anunció por el micrófono la suspensión del show por causas de fuerza mayor. Lo que significaba que alguno de los miembros se había puesto autista con eme o metanfeta u otra madre. Hay músicos que consiguen treparse al escenario en cualquier condición, pero éste no era el caso.

Un multitudinario buuuuu sobrevoló el lugar, se encendieron las luces y las bocinas escupieron "Feel the Pain" de Dinosaur Jr. La gente comenzó a arrastrarse hacia la salida.

Deberíamos de armarla de pedo, protestó Clau. Que nos regresen el costo de la entrada.

Pero nadie del público se alebrestó.

Es más fácil sonsacarle una devolución a Hacienda que te reembolsen un boleto, dije.

Pues qué chafa, se quejó.

Hay toda una noche por delante, apunté con tal de no tener que caerle al depa a alcanzarle el orinal al pintor. Vamos al Centro de Salud, instigué.

Va que va, consintió, pero sólo un rato que mañana chambeo.

No duramos ni siquiera una chela. El antro estaba semivacío. Era martes. Apenas si había diez personas. Nada en comparación con el ambientazo de los sábados.

Así funciona Ciudad Godínez, sentencié. El mundo godín, es decir, la mayoría de la población, se divierte los fines de semana. A esta urbe la mueve el trabajo.

Yo soy el ejemplo perfecto, bromeó. Pero ya me prendí, vámonos a mi casa.

Vivía en un minúsculo depa en la Roma. En la avenida Baja California, a unos pasos de los tacos Los Parados.

No le subas mucho a la música que mi rumi es bien gruñona, me alertó.

Sirvió un par de mezcales. Al primer trago comenzamos a besuquearnos. Me arrastró a su cuarto y encendió una vela que desprendía un aroma a vainilla.

Pon un disco, me pidió.

Puse Nina Simone *Sings the Blues*. Nada mejor que la voz de una cantante negra drogadicta para sonorizar una pimpeadita.

Nos encueramos y cogimos sin condón. Por calientes, sí. Pero también por apego.

¿Sí sabes que esto va en serio?, me preguntó Clau.

Sí, le respondí mirándola a los ojos.

¿Te quedarás a dormir?, consultó.

Ojos nariz y boca, respondí más que convencido.

Qué.

Que sí.

A las siete de la mañana sonó la alarma de mi celular. Tenía que pasear a Tweedledum y Twidledee.

En la madre, me quedé dormida, gritó Clau y de un portazo se encerró en el baño.

Encendí un cigarro y con toda la calma de la galaxia procedí a enfundarme mis Dr. Martens. Me puse a inspeccionar la cocina en busca de algo con qué entretener la tripa, un té, una barrita energética, unos Doritos, lo que fuera.

Mientras me bajaba un marranito marca El Panqué de Durango con un vaso de leche de almendras salió Clau encuerada, escurriendo de la regadera.

Está muerto, gritó. Se mató. Se mató.

Lloraba con tal intensidad que pensé que se refería a su padre o a un hermano.

Qué pedo, quién se murió, pregunté.

Se mató, no paraba de chillar. Se mató. Alex Mazapunk se suicidó.

La abracé tratando de consolarla. Empapados, nos quedamos en medio de la sala hasta que remontó el shock. Le costó bastante recuperar el habla. En poco tiempo Alex Mazapunk se había convertido en la voz de una generación. Y eso que los Mazapunks apenas habían sacado un EP con cuatro canciones. Su debut era el álbum más esperado en décadas. Desde *El nervio del volcán* ningún disco había conseguido amasar ese nivel de expectativa.

Me tengo que ir a trabajar, dijo Clau ya más repuesta, y regresó a la ducha.

Encendí la televisión. Alex Mazapunk ya era nota nacional. Y ni siquiera había salido de gira. Lo más lejos que habían llegado los Mazapunks era Naucalpan.

Una pérdida irreparable para el rock mexicano, dijo Juan Villoro en Canal 22.

Cuando Clau salió arreglada se me volvió a parar el pito. Su uniforme de trabajo consistía en un top minúsculo y unos leggins psicodélicos.

A dónde vas, la interrogué.

A trabajar.

¿Vestida así? ¿Pues dónde trabajas?

En un gimnasio. Soy maestra de yoga, reviró. Te marco más tarde para ir al velorio. ¿Me acompañarías?

Por supuesto, cuenta conmigo.

Cierra cuando te vayas, dijo, me besó y se fue.

Cuando comencé a caminar por la calle de Medellín me cayó el veinte de la muerte de Alex Mazapunk. Yo también era fan de los Mazapunks. Y tenía puestas las esperanzas en ese primer disco. No sé si se debía al clima, estaba nublado, o al impacto de la partida del naciente ídolo, pero la urbe me pareció más desoladora. Más temible. Pero también llena de promesas. Hacía menos de veinticuatro horas me había hecho un regalazo: conocer a Clau.

Giré la llave y entré al departamento de Rulo.

¿Esclavo?, preguntó como si no supiera quién era.

¿Te enteraste?

La promesa del rock mexicano se quitó la vida la noche anterior.

Sí, carajo, qué pinche tristeza.

Necesito que cubras el entierro, me dijo con la frialdad propia de una grabación de Telcel que te informa que tu plan de datos se ha terminado. Pero antes saca a pasear a Tweedledum y Twidledee, añadió.

La Condesa, la Roma, la Escandón y parte de la Narvarte estaban congregadas en el panteón para despedir a Alex Mazapunk. Músicos de otras bandas, periodistas, hípsters, fans, unos compungidos, otros desconcertados, pero todos fusionados en un marasmo de consternación.

Clau arribó con su atuendito yogui. Eran las seis de la tarde. Una lluvia *itálica* se cernía sobre la ciudad.

Alex le rompió el corazón a la Ciudad de México, pronunció alguien a quien no pude identificar.

Casi todo mundo andaba pachipedo y coco. O portaba una guitarra. La concurrencia cantamos a coro "Ya no soy poser", el hasta entonces mayor éxito de los Mazapunks. Pero como había que extender el tributo nos seguimos con "La célula que explota", "Metro Balderas", "Alármala de tos", "Chilanga Banda", "Microbito", "Kumbala", "Azul casi morado", etc.

Y como nunca falta en nuestro rock: "Gavilán o paloma". Y para rematar un mariachi interpretó "Cielito lindo".

Nadie quería desprenderse del cementerio, pero la intensidad de la lluvia nos arrancó del sepulcro de Alex Mazapunk. Se produjo la desbandada. Cada uno de los asistentes corrió a alguna cantina. Clau y yo nos refugiamos en la Villa de Sarria. Todavía le escurría el cabello cuando pedimos la segunda ronda.

Éste era su chupadero favorito, dijo.

Cómo lo sabes.

Lo leí en una entrevista.

A los pocos minutos el local se retacó de viudas de Alex Mazapunk. Que no alcanzaron mesa porque el tráfico las rezagó.

¿Crees en el destino?, me preguntó.

A qué te refieres.

A que las cosas suceden por alguna razón.

Eso sería como creer en fantasmas, ¿no?

Pues me parece especial que nos hayamos conocido precisamente la noche en que se suicidó Alex Mazapunk.

Especial no significa sobrenatural.

Para mí sí posee algo de particular.

La muerte de Alex Mazapunk era un misterio. El ataúd había permanecido cerrado durante todo el velorio. Corrió el rumor de que en el panteón sería abierto, para echar un último vistazo a la leyenda trunca, pero al final no ocurrió. En la cantina circularon toda clase de teorías. Desde la obvia, que le achacaba las razones de su muerte a un pasón, hasta que se había ahorcado accidentalmente mientras se masturbaba colgado de una soga, pasando por la trillada de que lo hizo por desamor.

No todas las cogidas tienen que terminar en tragedia, apuntó Clau.

No sería la primea vez que un músico se encaja un cuchillo en el pecho, agregué.

La cantina parecía una mazmorra. Había gente de pie apretujada junto al baño. La música flotaba sobre el murmullo general. La rocola estaba embarazada de nueve meses de monedas de diez varos. Sonaba "Oye cantinero".

Estoy harta de mi rumi, cambió Clau de tema.

Bienvenida al club.

Es una pesadillita. Una fanática de la limpieza. Me recuerda a mi mamá. A mí me gusta vivir en un entorno libre de suciedad, pero esta vieja exagera.

Mi caso es todo lo contrario. Si no fuera por mí las bolsas de basura llegarían hasta el techo.

¿Pues con quién vives?

Con un pintor.

Los artistas son un tema. Bueno, tú eres medio artista, ¿no?

Tomo fotos por deporte. Mi verdadero talento consiste en pasear perros.

¿De plano el pintor es muy cochinón?

Es un cocainómano lisiado que mea en cualquier rincón del departamento. Él dice que no lo hace a propósito. Que es sonámbulo, que lo hace dormido. Ya estoy acostumbrado.

Qué asco. ¿Y por qué sigues ahí?

Ya le agarré cariño.

Yo ya estoy fastidiada de esta tipita. ¿Y sabes? La muerte de Alex Mazapunk me abrió los ojos. Me hizo darme cuenta de que desaprovecho mi vida.

Una tragedia así a quién no pone a filosofar, dije.

Quiero que vivamos juntos.

¿Estás segura?

¿No te gusto?

Muchísimo.

¿Entonces? ¿No me prefieres al pintor minusválido?

Nos acabamos de conocer.

¿No te das cuenta? Si no fuera por Alex Mazapunk nunca nos habríamos topado. Me gustaste desde que te vi. Pero haber estado juntos durante su muerte es para mí la señal de que eres el elegido.

Experimenté cierta clase de remordimiento. Aquel acostón ahora ponía ante mí la posibilidad de la vida marital. Sentí que estaba lucrando con la muerte de Alex Mazapunk. Sin embargo, también estaba cansado de mi precariedad. Hacía dos años que me encontraba en una especie de limbo. No es que estuviera precisamente perdido. Pero sí sin rumbo. Quizás era momento de probar las mieles del amasiato.

Jamás imaginé que una estrella de rock muerta sería mi celestina, confesé.

Por Alex Mazapunk, dijo Clau alzando su chela.

Por Alex Mazapunk, brindé.

Después nos dimos un beso largo como la avenida Reforma. De fondo sonaba "Triste canción".

Mañana mismo empiezo a buscar departamento, prometí.

Una semana después de haberse encontrado el cuerpo del líder de los Mazapunks la ciudad continuaba consternada.

Esclavo, necesitamos un reportaje sobre Alex Mazapunk, reclamó Rulo.

Pero está muerto, argumenté.

No me digas.

Le dedicamos la parte central de la sección de música del último número.

Ya lo sé.

¿Acaso no hemos explotado lo suficiente su figura?

Canal Once ya prepara un especial. Mientras el interés no decaiga, tendremos que alimentar la aflicción general.

No se me ocurre nada más que podamos decir al respecto.

Vete a hacerle una visita a su jefita. En una de ésas te enseña fotos de cuando era chiquito.

¿Estás loco? No voy a ir hostigar a la señora.

Es parte del duelo de toda estrella.

Lo que me pides me parece una mamada. Me van a correr a patadas.

O investiga quiénes fueron sus compañeros en la escuela. Estuvo en el Madrid. De ahí puede salir algo.

Mira, en un año, cuando se cumpla su aniversario, le armamos un especial chingón.

Primero asegúrame que vamos a mantenernos a flote los siguientes dos números y después hablamos de lo que va a pasar en un año.

Por qué simplemente no dejamos descansar en paz al fantasma de Alex Mazapunk.

Porque no. Así que no regreses sin un texto, me gritó.

Abandoné la redacción de *Deperfil* indignado. La asignación era un insulto para la familia del difunto. Me tacharían de carroñero. De insensible. De hijo de la chingada. Pero era una encomienda y no podía darme el lujo de no cumplirla. Estaba desesperado por mudarme con Clau, estábamos hartos de tener que coger a bajo volumen para que su rumi no nos escuchara, y necesitaba el sueldo. Y aunque quizá pudiera encontrar otro trabajo con facilidad no quería dejar de formar parte de la plantilla de *Deperfil*.

Mi primer impulso fue buscar a la exnovia de Alex Mazapunk. Pero me contuve. Molestar a la viuda también me resultaba improcedente. Mis fuentes se reducían por culpa de mis escrúpulos. Entonces me acordé del vieneviene que se apostaba afuera de la sala de ensayos de los Mazapunks. Era famoso porque lo habían incluido en los agradecimientos del EP. El local de ensayo no estaba lejos de la cantina Nuevo León. El vieneviene me pasó el número celular de un díler. Y el díler me soltó la dirección de Alex Mazapunk.

Me trepé a la línea verde olvido del metro con dirección a Universidad. El depa de Alex Mazapunk estaba en una callecita pegada a los Viveros de Coyoacán. No tuve bronca para dar con el domicilio. Era un dúplex que coronaba un edificio de departamentos de tres plantas. En una esquina había una farmacia, en la otra un minisúper con venta de chela las veinticuatro horas y en contra esquina una taquería. Mejor ubicación imposible. Toqué el timbre y salió un ruco con una playera ajadísima de Radiohead.

Seguro pertenecía a Alex Mazapunk, pensé.

Buenas tardes, joven, saludó el conserje.

Buenas, don, le respondí.

¿Viene a ver el departamento?, me preguntó.

Qué departamento, don.

El dúplex.

Sí, le dije siguiéndole la corriente.

Mientras subíamos las escaleras deduje que era el mismo que había habitado Alex Mazapunk. Era el único en la construcción. Y estaba en renta.

Aquí vivió un músico, me informó al abrir la puerta. ¿Sí sabía?

No don, no estaba al tanto.

Era un buen muchacho. Pintaba para hacerse famoso.

Y qué pasó.

Se mató. Dicen que metió la cabeza en el horno y abrió la llave del gas.

Qué fuerte.

Así como ve el dúplex es como lo dejó el finado. Todas sus pertenecías siguen intactas.

¿También los muebles eran de él?

Todo.

Y por qué siguen aquí.

La familia no ha venido a reclamar y la casera no quiere pagarme para que me deshaga de las cosas. No quiere que las toque. Asegura que es de mala suerte.

Ah, qué ñora tan supersticiosa.

Sí. Dice que se encarguen los próximos que lo renten. Si es que alguna vez eso sucede.

¿Ha venido mucha gente a verlo?

Como unas cinco personas. Pero en cuanto se enteran de que aquí se quitó la vida un cristiano salen corriendo.

Y en cuánto lo arrendan.

Baratísimo. En diez mil pesos. Y no piden deposito ni aval. Lo que quieren es que se ocupe. El inquilino anterior pagaba veintiséis mil. Yo creo que por eso se suicidó.

¿Ves? Te lo dije, exclamó Clau cuando le conté. Alex Mazapunk nos está tirando paro desde el más allá.

Me resistía a creer que se trataba de un designio de ultratumba. Para mí era fruto de la casualidad. Pero eso no impidió que al día siguiente firmara el contrato de arrendamiento del que fuera el dúplex del exlíder de los Mazapunks.

Clau y yo acordamos que conservaríamos el espacio tal y como estaba en memoria de Alex Mazapunk. Nos quedamos los muebles, incluido un estéreo Fisher inservible, respetamos la decoración (incluido el cuadro de The National que colgaba de una pared) y el horrendo color melón de las paredes. Sólo evacuamos sus pertenencias personales. Ropa, fotografías, su cepillo de dientes. Pero por nostalgia no nos atrevimos a deshacernos de ellos. Los metimos en una bolsa negra y los arrecholamos en el cuarto de lavado de la azotea.

El único objeto que conservé fue el diario de Alex Mazapunk. No era un documento excepcional. No contenía confesiones escabrosas ni revelaciones comprometedoras. O pistas sobre su suicidio. Sólo fragmentos de canciones inconclusas, garabatos resacosos, poemas en prosa, recetas para curarse el reflujo y pensamientos garabateados de madrugada inducidos por el bajón de coca. Pero me sirvió para el artículo que me había exigido Rulo. Publicamos un par de dibujos (chafísimos) y un extracto:

### Esto no es una traición
*No vayas a creer que yo soy bueno. La próxima vez que escuches a alguien decir que soy humano, no le creas. Soy cantante. Me verás correr por la pista como un caballo con la lengua de fuera. No vayas a pensar que soy bueno. Pregunta cuánto debo en la tiendita de la esquina. Mira cómo me rasco. Las cervezas las pedí fiadas. Pregunta si soy bueno para el tiro al blanco. No vayas a decir lo que otros: "en el fondo es un buen muchacho". Primero pregúntale a tu mamá si deja*

*a tu hermano juntarse conmigo, es más, ¿ves esta cicatriz?*
*Me la hicieron en un baile. No vayas a creer que soy bueno,*
*pero tampoco soy malo, sólo soy uno más, uno de tantos que*
*andan en la fiesta. Soy músico, toco el bajo en los Bukis.*
*Y aunque tu mamá diga que no, yo sí sé bailar.*

El descubrimiento me otorgó cierta familia casera entre la ralea freelance chilanga. Y por unas semanas me convertí en algo más que la mascota estrella de *Deperfil*.

Hicimos una fiesta de inauguración del depa. Por supuesto que invité a Rulo.

¿Te deshiciste de todos los cachivaches de Alex Mazapunk?, me preguntó.

Absolutamente.

¿Seguro? Los músicos son bien moja brocha, no te vayas a topar con alguna sorpresita.

¿Cómo qué? ¿Una jeringa? ¿Un altar a la Santa Muerte? ¿Un bebé muerto?

Con los rockstars nunca se sabe.

Espulgamos como fanáticos de la minuciosidad. Excepto su diario, todo está arrumbado en la azotea.

¿Y había algo que sirva de material para sacarnos de la manga otra croniquita?

No sus trapos, su guardarropa era monótono. Varios pares de Converse negros, skiny pants y como quince playeras de los Ramones. Una pipa, para mota, no creas que para cristal. Y pendejaditas como recibos de depósitos del oxxo. Apostaría a que destinados a su díler.

Como es típico de las parys, recibimos más raza de la que habíamos invitado. Caras desconocidas que nos aperraron el dúplex. No se podía caminar. Me tardé un chingo en poder llegar a la cocina para prepararme un bacachá. Habíamos planeado una reunión pequeña. Máximo veinte personas. Sin embargo, a las dos de la madrugada había cien como mínimo. Al parecer el aura del dúplex como foso de la perdición seguía intacta.

¿Quieres una tacha?, me ofreció un completo desconocido.

Órale, va, le respondí ya enfiestadote.

Doscientos varos, requirió.

Cámara, contesté, pensé que me la estabas brindando.

Nel, carnal. Qué no sabes quién soy yo.

Pues la neta no, acepté.

Soy el encantador de serpientes de las fiestas de Alex Mazapunk. Así que, si quieres una, afloja o circula que me espantas a los fritos, dijo y se levantó la playera, traía una pistola encajada en la cintura.

No distinguí el calibre. Ni me molesté en explicarle que Alex Mazapunk había cambiado de código postal. Para qué. Ni que fuera el *Notitas musicales*. Ya me miaba. Pero la fila para el baño era de varios metros. Me dieron ganas de decirles que aquellos que se iban a meter coca lo hicieran a la vista de todos, que dejaran espacio para los que sí necesitábamos desaguar. Sería una pérdida de tiempo. Así que mejor subí a orinar en la azotea. Arriba encontré a Clau fumando.

Quiénes son todos esos autómatas, me interrogó.

Pensé que tú los habías invitado.

No tienen finta de trabajar en un estudio de meditación, ¿o sí?

Yo tampoco los afané. Serán parte del séquito del extinto Alex Mazapunk.

Qué cagado, mis compañeros yoguis van a pensar que soy de lo peor, dijo y sonrió.

A mí lo que me preocupaba era el batuqueadero que nos iban a heredar.

Abrázame, me pidió Clau, melindrosa. Te voy a hacer muy feliz, dijo.

Nos besamos y bajamos al reven. Un cabrón con pinta de ingeniero de audio puso un disco de Black Rebel Motorcycle Club.

Ésta era la rola favorita de Alex Mazapunk, dijo cuando comenzó a sonar "Whatever Happened to My Rock 'N' Roll (Punk Song)" y de inmediato se fue la luz en la manzana entera.

La bandita prendió sus encendedores como si no hubiera pasado nada. Y continuaron pegándole a la copa. Flotaba la esperanza de que regresara la energía, pero pasados los veinte minutos el dúplex comenzó a vaciarse de manera automática. Era el fin de la fiesta.

Medio sacados de pedo, Clau y yo nos quedamos agüitadillos. Aunque la neta yo prefería ese final abrupto al horizonte que ya vislumbraba: que a las siete de la mañana todavía tuviéramos a un grupito de aferrafters llamándole a otro díler. Nos alumbramos el camino hacia la cama con la lámpara del iPhone y caímos podridos. Qué cierre para nuestra primera noche en la exguarida de Alex Mazapunk.

Imaginaba que mi concubinato con Clau sería una luna de miel interminable. Sin embargo, la rutina, esa maldita promotora de la guerra, se desparramó a sus anchas más rápido que lo que tarda en entibiarse una cerveza. Y nuestras patologías, que habíamos mantenido agazapadas hasta entonces con destreza, abrieron pista a la segunda rola.

La primera clase de Clau en el gym era a las siete a.m. Y regresaba a casa hasta las siete de la tarde. Como muchas otras parejas de Ciudad Godínez, nos veíamos hasta el anochecer. Yo era un nini. Llegaba fresco. Y ella supercansada. Sin embargo, como estaba ausente todo el día se dedicaba a limpiar. Y no se dormía hasta secar el último plato, acomodar las tazas y las cucharas. Pasadas las once de la noche. Nuestra convivencia se reducía a compartir la cena. Y los fines de semana lavaba ropa. Y era abducida por las muchas tareas del hogar. Es como un vórtice. Empiezas a sacudir el polvo y las labores domésticas se reproducen como gremlins. Verla limpiar de manera obsesiva comenzó a desesperarme.

Entonces se presentó el incidente del escusado.

¿Has recibido visitas?, me preguntó un domingo por la tarde.

No, respondí admirado.

Ven a ver.

La codependencia es más adictiva que la piedra de Tepito, se leía en una de las paredes del baño.

Ah, cabrón, ¿y esa joya?

Lo mismo quiero saber, secundó Clau.

Será un recuerdo de la fiesta de inauguración.

No, atajó Clau. Nunca la había visto. Hasta hace un momento.

A lo mejor no pusiste atención.

Estoy segura de que ayer no estaba. ¿Tú la habías visto?

La neta tampoco.

¿De verdad no le prestaste el baño a nadie? ¿No viniste a la casa con alguien de la chamba?

No, desde el día de la fiesta sólo hemos entrado tú y yo.

¿Y no fuiste tú?

Por supuesto que no, dije y solté la carcajada. No rayo ni los baños de los bares. Por qué lo haría con el mío.

No te burles, dijo Clau molesta.

Perdón, me da risa.

Si no fuiste tú, quién, ¿un fantasma?

Me late que ese garabato siempre ha estado ahí, pero no reparamos en él.

Yo limpié el baño a conciencia después de la fiesta. Imposible que no lo viera.

A ver, aguanta. Déjame checar una cosa, dije y fui por el diario de Alex Mazapunk.

Contrasté la letra del exlíder de los Mazapunks con la pinta del baño: eran idénticas.

No mames, Sabino.

Qué, inquirí.

¿Me la estás aplicando? ¿Me estás jugando una broma? Me estás asustando, idiota.

No, le respondía lo más serio que pude.

Pues no estaba ayer.

Y por qué crees que puedo imitar la caligrafía de Alex Mazapunk a la perfección, repliqué.

No sé cómo lo hiciste, pero qué creepy.

Te juro que no tengo nada que ver, le dije. Y era absolutamente cierto. Pero tampoco pensaba que era obra de un espíritu.

Clau agarró las llaves de su coche y se encaminó hacia la calle.

A dónde vas, le pregunté.

A la ferretería, respondió malhumorada.

Pero vamos a ir a la Cineteca, le recordé.

Yo no. Vete tú. No puedo permitir que esa frasecita siga decorando nuestro hogar.

A lo mejor el cansancio no te permitió verla.

Qué quieres decir.

Pues que inviertes demasiado tiempo chacheando que quizá te pasó de largo.

Cuarenta minutos después regresó con pintura y se puso a lijar la pared.

Déjame lo hago yo, me ofrecí.

No, me voy a entretener aquí. Se va a ver raro si nada más cubro una parte. Voy a darle dos manos completas a todo el baño. Tú vete a hacer la despensa.

Tomé la lista que había pegado al refri con un imán y me largué al Superama.

Aquella noche Clau estaba hecha un trapo. Nos acostamos pasadas las doce de la noche. La abracé cuando apagó la lámpara de lectura. Temí proponerle que cogiéramos por temor a que se levantara a darle una tercera capa al baño.

Cómo va la vida marital, me preguntó Rulo, mi confidente sentimental, a la mañana siguiente.

Aguantando mutación, como diría Saúl Hernández. Aunque la verdad me veo muy bien así: valiendo madre.

No chille, es cuestión de tiempo para que se acomoden.

Mi miedo es que adoptemos la dinámica de un matrimonio envejecido.

Se está afianzando la relación.

Y por eso se dedica todo el tiempo a sacudir.

Ya se le pasará.

Y no deja de quejarse de que su exrumi se obsesionaba con ese pedo.

Si quieres te presento a mi doña de la limpieza.

Gracias, pero Clau insiste en hacerlo todo ella misma. Desconfía de las empleadas domésticas.

Pensé que era por broncas de lana.

No, sí podríamos permitírnosla una vez a la semana.

Si Clau cambia de parecer me avisas.

La veo cabrón.

Lo que está muy cagado es la aparición fortuita de esa leyenda en el baño.

Estoy seguro de que Clau se alucina. Lo más probable es que a Alex Mazapunk lo haya asaltado la inspiración y al no tener su diario a la mano vandalizara su propia pared.

O sea, tú crees que estaba ahí desde antes de que ocuparan el departamento.

Sí, no existe otra explicación posible.

Los siguientes días Clau se comportó aún más distante. La promesa de Rulo de que la situación mejoraría no fructificó. Cada noche, después de cenar, Clau levantaba la mesa y se disponía a lavar los trastes. Un par de veces le ofrecí que me los dejara a mí, que viéramos una película desparramados en el sofá, y que por la mañana los lavaría. Se negó.

No puedo conciliar el sueño si sé que hay un plato sucio en la tarja, confesó.

Admiraba el profundo sentido del deber de Clau, pero me preocupaba que su compulsión nos destruyera. Empezaba a perder las esperanzas. Amaba a Clau, pero aquello no me lo esperaba. Antes de conocernos yo era, como todo hombre soltero, un tanto desprolijo. Pero tampoco vivía en la inmundicia. Y con Clau todo debía rozar lo inmaculado. Y cuando parecía que nada sería capaz de conciliarnos, ocurrió lo del estéreo.

Una madrugada nos despertó la música.

He muerto muchas veces
acribillado en la ciudad
pero es mejor ser muerto
que un número que viene y va

Y en mi tumba tengo discos
y cosas que no me hacen mal
Después de muerto, nena,
vos me vendrás a visitar.

¿Y ese ruido?, preguntó Clau.

Es "El fantasma de Canterville" de Sui Generis, respondí.

¿Los vecinos tienen fiesta?

No son los vecinos, suena aquí.

Pero si hoy ni prendimos la bocina. Yo no. ¿Tú? ¿Olvidaste apagarla?

Es el Fisher.

¿El estéreo de Alex Mazapunk?

Sí.

¿No que no era puro adorno? Un fósil.

Sí, incluso traté de hacerlo jalar y nunca respondió.

Bajé al mueble donde se encontraba el aparato y quise apagarlo. Pero el botón de encendido no obedecía. Tuve que desconectarlo de la corriente. Subí la escalerita del dúplex y me tendí junto a Clau tarareando la rola.

Cht, me calló. Me puso los pelos de punta. Si hubiera estado a solas me habría dado un vahído.

Pinche estéreo, qué momento escogió para resucitar.

Qué hora es.

Las 3 a.m.

Y por qué sonó esa canción.

Por el cedé que tenía dentro.

Sí, pero por qué precisamente ésa. "El fantasma de Canterville".

Alex Mazapunk era fan de Charly García.

Abrázame, Sabino, me pidió.

La rodeé con mis brazos y comenzamos a besarnos.

Quítame la ropa, dijo.

Cogimos como la noche en que nos conocimos. Antes de siquiera imaginar que terminaríamos por vivir juntos en el departamento de una estrella de rock en ascenso. Antes de que sospecháramos que florecerían nuestras inseguridades ante el otro.

Voy por un vaso de agua, le dije cuando terminamos.

No, no te vayas, me detuvo. Quiero decirte una cosa.

Qué rock.

Sé que he estado muy ausente. Pero no es a propósito. Lo que pasa es que cuando comienzo a limpiar entro en modo fantasma.

Sí me he percatado.

Te juro que no sé qué me pasa. En el depa que compartía con mi exrumi no sentía esta necesidad de limpiar a fondo.

Qué quieres decir. ¿Que nuestro hogar te tiene embrujada?

No quiero exagerar, pero creo que este lugar produce cierto efecto en mí. Apenas entro aquí me atacan unas ganas irrefrenables de fregar, de barrer, de planchar.

Lo que tienes es un TOC.

No, no es trastorno obsesivo compulsivo. En el gym no me sucede. Y mira que a veces los baños están bien puercos y tengo que orinar de aguilita.

Clau, yo te quiero mucho. Y mi amor no va a cambiar por tu TOC. Sin embargo, quiero que sepas que más que mi pareja siento que eres mi rumi. Casi ni nos vemos. Y cuando lo hacemos ese tiempo lo dedicas a chachear.

Yo también te quiero, Sabino. Y te prometo que las cosas serán diferentes en adelante. Cógeme otra vez.

Pero ya es muy tarde.

No importa. Mañana voy a llegar desvelada a la clase, pero qué importa.

Nos vemos a las ocho en la Condesa, le dije a Clau.

¿Ya es hoy? Qué emoción.

Esa noche un puñado de músicos rendirían tributo a Alex Mazapunk. Y yo debía cubrir el evento para *Deperfil*.

Su vicio por la limpieza había disminuido un poco desde la espantada que le metió el estéreo.

Salgo del gym y allá te alcanzo. No me perdería el homenaje por nada, me dijo y me plantó un besote.

Todo el trayecto en el metro me acordé de la noche en que nos conocimos. Una vez más Alex Mazapunk fungía como nuestro alcahuete.

Cuando llegué por Tweedledum y Twidledee, Rulo atacaba un panecito de dulce con un café. Parecía que vivía dentro de *Los Soprano*. Siempre estaba tragando o empedándose.

¿Vas a ir al tributo?, le pregunté.

Ya sabes que casi no me paro en conciertos, respondió.

Pero si es nuestro Elliot Smith. Las huestes roqueras se congregarán.

Ya lo sé. Muchos de mis amigos van a estar ahí. Quizá se me quite la güeva y me dé una vuelta. ¿Viene Clau?

No falta, es fan from hell de Alex Mazapunk.

¿Y ya se compuso la onda?

Ya nos reconciliamos. Pero como toda adicción lleva su tiempo desintoxicarse.

¿Sigue fanatizada con la limpieza?

Le ha bajado, pero de repente se clava.

Uy, mano, ni pedo. ¿Y cae en el autosabotaje?

Es complejo, no es un capataz. Nunca me da órdenes. Nunca me pone a tender la cama. Entonces no peleamos. La bronca es que soy como el Pacman, ando detrás de un fantasmita.

Que la pasen bien en el tributo.

Es el plan. Esta noche es especial para nosotros. Ojalá y nos lance hacia la redención, dije y me despedí.

Después de pasear a los perros por el parque México me zambutí en la redacción de *Deperfil*. Tenía un chingo de pendientes. Pero no hice ni madres. Procrastiné sabroso. Salí por unos tacos árabes del Greco. Vi dos capítulos de *Malcolm in the Middle*. Leí dos relatos de *Las biuty queens* de Iván Monalisa. Y a las 7:45 me tendí al Caradura.

En Ciudad Godínez la puntualidad es una anomalía. Los únicos que arriban a tiempo a un compromiso son los melindrosos o los fantasmas. A pesar de los últimos, Clau no apareció a la hora acordada. Era la norma. Al finalizar la última clase tenía que pegarse un baño y correr al metro. Le di quince minutos más. A las 8:30 le marqué a su celular y me mandó a buzón. Algo ocurría. Quizás alguien se había aventado a las vías y el vagón en el que viajaba Clau se habría detenido.

A las 8:45 ingresé al Caradura y le dejé a Clau su pulsera de invitada en la entrada. El show comenzó a las nueve y cuarto. Bryan Amadeus ¿o era Jared Leto? subió al minúsculo escenario, que bajo las luces sólo exhibía un piano de media cola color ostión. El Caradura siempre se atasca. Pero esa noche parecía la estación Bellas Artes en hora pico. La alcurnia del rock mexicano, desde los más chagalagas hasta los más milenials, estaba embelesada con el set acústico.

Al fondo divisé a Rulo bacachá en mano.

Qué exitazo, me saludó.

No creí que se fuera a aperrar, la neta.

Pos cómo no. Si llevamos el homenaje en la sangre. Somos la tierra del culto al mártir. Nos lo enseñan desde la primaria. Pido un aplauso para nuestro pueblo.

Pinche Alex Mazapunk, poco falta pa que lo estampemos en un ayate.

El hit de esta velada confirma que lo mejor que puede pasarle a una estrella de rock es morirse. Su obra, por mínima que sea, va a ser valorada con otros ojos.

Los antihéroes nunca van a pasar de moda.

Oye ¿y Clau? No la he visto.

Debe andar por ahí, le dije.

Revisé mi celular. No tenía ninguna llamada perdida o mensaje suyo.

Cámara, voy a acercarme a tomar unas fotos, le dije a Rulo.

Una hora después el show finalizó y el antro comenzó a vaciarse. Clau nunca apareció. Intenté llamarla de nuevo pero traía el teléfono apagado. Me escabullí sin despedirme de Rulo, que estaba concentradísimo chacoteando con el baterista de los Mazapunks. Paré un taxi y me trepé preocupado. ¿Se habría quedado a pulir los pisos? ¿Y si le había ocurrido un accidente?

El depa estaba en silencio. Pensé que Clau no estaba. La encontré sentada a oscuras. Fumaba. Nunca la había visto fumar. Hacía frío. Por los Viveros siempre refresca. No importa la época del año. Estaba toda envuelta en un chipiturco color fabuloso aires del campo. Por debajo se adivinaba que no se había cambiado de ropa. Asomaban los leggins con los que había salido de casa esa mañana.

Te estás cogiendo a alguien, me cuestionó a quemarropa.

Sí, a ti, respondí. Bueno, antes.

Mi broma le inyectó una ira en los ojos que no le conocía. Pero era la verdad. Y me parecía una mejor respuesta que la llana negación. Con mi bobada pretendía aligerar la atmósfera. Pero sólo conseguí ponerla más fúrica.

Es por mi manera de limpiar, ¿verdad?

El qué.

Que te acuestas con otras.

De dónde sacas eso.

Ay, por favor. No me digas que no conoces a tipitas en los conciertos que te tiren la onda.

Clau, que tú y yo nos hayamos conocido en esas circunstancias no significa que tenga onda con cada persona con la que coincido en un toquín.

Entonces contratas sexoservidoras. Dime, ¿metes sexoservidoras cuando yo no estoy?

Clau, qué te pasa.

De quién son estas calcetas, dijo y me mostró un par de calcetas rosas.

De prostituta no, están demasiado ñoñas.

No te hagas el chistoso. Puede ser una sexoservidora kinky o cosplay.

Y por qué me preguntas a mí. Yo no sé a quién pertenecen.

Las encontré en mi cajón. Las duchas del gym estaban ocupadas y decidí venir a bañarme a casa. Cuando sacaba mi ropa las descubrí.

Si aparecieron en tu cajón entonces son tuyas.

No te hagas el inteligente, Sabino. ¿Crees que si fueran mías te estaría haciendo pedo?

Y tú crees que soy tan pendejo para meter una prenda de otra persona en tu cajón de la ropa interior.

Quizá te confundiste.

Nunca las había visto en mi vida.

Ni yo tampoco. ¿Le prestaste a alguien el departamento para que viniera a revolcarse?

Claro que no. Mi depa no es motel.

De dónde salieron. Cómo brincaron a mi cajón.

Es todo un misterio.

Exacto, y lo vamos a resolver.

Lo único que se me ocurre es que sean de alguna ex de Alex Mazapunk.

¿Me quieres ver la cara de pendeja? ¿Vas a jugar de nuevo la carta de Alex Mazapunk?

Existe la posibilidad de que se hayan quedado en el cajón y no te dieras cuenta. Y de que luego hayas echado tu ropa encima.

He vaciado el contenido de ese cajón casi a diario. Sabes que me encanta tener mi ropa ordenada.

Vaya que si lo sé.

Me la tienes guardada, ¿verdad? Quieres hablar de eso. Te mueres de ganas, ¿no?

Pues ya que lo mencionas, no estaría mal que invirtieras menos tiempo en apasionarte con el orden y que cogiéramos más.

Sabes cuál es el problema. Que no te adaptas a mi vida.

Aquellas palabras me hicieron comprender cuál era la fuente de todos nuestros conflictos. Clau había escogido como pareja a un inadaptado incorregible.

Esa noche dormí en el reposet. Nadie lo mencionó, pero estaba implícito que nos separaríamos.

Desperté, me preparé un café y comencé a juntar mis trapos. Volvería a la pocilga del pintor incontinente. Me acogería sin reparos. Se pondría feliz de que volviera derrotado.

Antes de salir, Clau me retuvo.

¿Podemos hablar?, me preguntó.

Yo había pasado toda mi vida luchando por no adaptarme. Sin embargo, la amaba. Y no quería que nuestra relación fracasara.

Qué onda, le pregunté.

No quiero que terminemos.

Yo tampoco, Clau. Pero al parecer no podemos entendernos.

Perdóname por lo de anoche. Te acusé injustamente. Estaba cegada por el coraje.

El motivo de nuestra pelea es irrelevante. Lo concluyente es que no conseguimos ponernos de acuerdo. Y así las cosas nunca van a funcionar.

Sí importa. Mira.

Me mostró las calcetas. Una de ellas tenía pintado dentro con marcador unas iniciales y una flecha dentro de un corazón. Decía L. M. y H. G. Las primeras eran atribuibles a Alex Mazapunk, sin duda. Las consecuentes podrían achacársele a una ex o a una grupi.

Perdón por desconfiar de ti, dijo Clau. Pero de verdad sigo sin entenderlo. Cómo llegaron las calcetas a mi cajón. Comienzo a figurarme que se trata de una travesura del fantasma de Alex Mazapunk.

Pinche Alex Mazapunk, nos está escamoteando, dije sin poder reprimir la risa.

Te quiero, dijo Clau.

Yo a ti, flaquita, le respondí.

No te vayas, me pidió Clau. No quiero que acabemos por una pendejada. Si un día terminamos que sea por un motivo real.

De acuerdo, secundé, si un día tronamos que no sea por culpa de Alex Mazapunk.

La vida está llena de remontadas históricas. Y Clau y yo teníamos todo a nuestro favor para lograrlo. Le pedí a Rulo hacer home office dos días a la semana. Martes y jueves me quedaba en Coyoacán y comía con Clau. Nos encantaban las tostadas de cochinita del mercado. La recogía en la puerta del gym y a las cuatro ya estaba de regreso para su clase. En ocasiones hasta nos sobraba tiempo y pasábamos por el depa para echar un rapidín. No podía quejarme. La histeria por la limpieza había dejado de ocupar un papel estelar.

Hasta que un día regresé de la redacción de *Deperfil* y me encontré con Clau puliendo las paredes de la regadera. Yo sabía que tendría recaídas por el síndrome de la hacendosita. Lo que no calculaba era aquel nivel de enfriamiento. Era viernes. Y habíamos acordado que esa noche la dedicaríamos sólo a nosotros. Nada de deberes. Apagaríamos los celulares. Incluso Clau había pedido ausentarse de su última clase. Cogeríamos, pediríamos una pizza y veríamos una película.

Pero Clau había cambiado de planes.

Me recibió con un beso. Que interpreté como disimuladamente hostil. Subí la escalera y me tendí sobre la cama.

Te espero arriba.

En cinco minutos voy.

Media hora después Clau continuaba atareada.

¿No vas a venir?, le pregunté.

Sí, contestó. En cuanto termine de limpiar la estufa.

Me mató la libido. Lo que dijo. Me la hizo pomada. Sentí que me bajaban el interruptor. Que aquella noche ya no conseguiría una erección. Pero no iba a echarme para atrás. De ser necesario compraría un viagra. Cuando saliéramos a cenar pararíamos en el Superama. Mientras ella se distraía en el pasillo de productos de limpieza yo aprovecharía para escabullirme a la farmacia. Pero no fue necesario. Clau subió a encararme.

¿Y esta maleta?, preguntó. ¿Es tuya?

No había reparado en ella. Estaba junto a los pies de la cama. Era negra.

No, no es mía, contesté a la defensiva.

¿Nunca la has visto?

Jamás.

Yo tampoco. La encontré en el clóset. Sabes qué contiene.

Ni idea, me encogí de hombros.

Ábrela.

Lo hice. Estaba anegada de pantys de mujer. No unas cuantas. Hablo de decenas. La mayoría de color rojo. Pero también había negras, moradas, turquesas, ostiones, plateadas. Todas las prendas eran arrebatadoras, sexys, de encaje, de látex, de cuero, tangas, nada aburridas. Cuanto más escarbaba, más emanaban.

¿Me lo explicas?, pidió Clau y cruzó los brazos.

No tengo nada que ver con esto, contesté firme.

La semana pasada descombré el clóset y esta maleta no estaba.

No es de mi propiedad.

Por qué lo niegas, Sabino.

Por qué voy a aceptarlo si no es mía.

A menos que se abriera un portal cósmico en un téibol sólo tú pudiste meter esta chingadera al depa.

Son demasiados para que pertenezcan a una sola persona, deduje con afán científico.

Lo mismo opino. ¿Es tu colección? Sabino. ¿Las trajiste de la covacha del artista tullido?

No. Yo no tengo ese fetiche. Pero Alex Mazapunk sí lo tenía.

Ay, ya deja de utilizar a Alex Mazapunk como tapadera.

No es una coartada. Mira, te lo voy a demostrar.

Fui hasta el librero y comencé a rebuscar. Pinche diario de Alex Mazapunk se había esfumado. Estaba seguro de que lo había insertado entre *La balada del café triste* de Carson McCullers y los *Ensayos bonsái* de Fabián Casas.

¿Y bien? Sigo esperando, me rugió Clau.

No hallo los diarios de Alex Mazapunk. En un pasaje cuenta que atesoraba una colección de pantys, obsequio de sus admiradoras. Lo que encontraste fue el cofre del tesoro de Alex Mazapunk.

¿Tú crees que me voy a tragar semejante patraña?

En la maleta debe de haber indicios de que te digo la verdad.

Alex Mazapunk murió hace tiempo. Esa maleta está recién estrenada. Busca otro pretexto.

No podía contradecirla. No exhibía un ápice de polvo. Olía a nuevo.

Déjame revisarla, dije y procedí con toda la seguridad de que daría con alguna pista que conectara la maleta con Alex Mazapunk.

La ausculté concienzudamente. Y nada. No había rastro que la vinculara con el exvocalista de los Mazapunks.

Deja de tirar patadas de ahogado, se burló.

Clau, le rogué, tienes que confiar en mí.

No, no te creo.

Estaba tan furibunda que no se molestó en empacar. Echó unas cosillas en una mochila y se fue. Hice un pobre intento por detenerla. Pero sabía que era en vano. No había vuelta atrás. No podría convencerla de mi inocencia.

Su partida me había dejado agotado emocionalmente. Sin notarlo, me quedé dormido abrazado a la maleta. A las tres de la madrugada desperté sobresaltado. El cacharro Fisher se había vuelto a accionar por cuenta propia. Yo recordaba con nitidez haberlo desconectado de la corriente. Sonaba otra vez la voz de Charly García.

Yo era un hombre bueno
Si hay alguien bueno en este lugar
Pagué todas mis deudas
Pagué mi oportunidad de amar

Sin embargo estoy tirado
Y nadie se acuerda de mí
Paso a través de la gente
Como el fantasma de Canterville.

Aventé el Fisher por la ventana y me volví a jetear.

La renta se vencía en una semana. Con mi sueldo de *Deper-fil* no podía costearme el departamento yo solo. Quedaba el depósito, lo mejor era desalojarlo de inmediato. Llamé a Rulo para contarle.

Me mandó al descenso.

Desenterró el cofre pirata de Alex Mazapunk.

No sabes qué repertorio. Me cae que una colección así ni Keith Moon.

Te lo advertí desde el principio, hurga bien, para evitarte pasmos.

Orita lo único que me preocupa es la renta, dije. No puedo pagarla yo solo. Y no estoy en mood para buscarme un rumi.

Bueno, dijo Rulo, no todo es drama en esta vida. Te tengo una buena noticia. Te vamos a ascender. Serás el editor de la sección musical. Y eso significa que te aumentaremos el sueldo.

¿Te cae?

Sí, con esa lanita extra podrás completar el pago. Así no tendrías que dejar el lugar.

Te confieso que me encantaría quedarme en Coyoacán.

Cuenta con ello.

Qué chido. Ya te dejo porque voy a ir al Superama por pinol para trapear el dúplex.

Okey. Pero no porque estés de capa caída vayas a faltar a tus obligaciones. Mañana ven a sacar a Tweedledum y Twidledee.

Voy a extrañar verla pasar el trapo, dije y colgué.

Lo primero que hice al saber que no tendría que mudarme del depa fue deshacerme de la pinche maleta.

La dejé abandonada al pie de un árbol.

Qué pendejo soy, me dije cuando entraba a la estación del metro. Estaba nuevecita. Me la hubiera quedado. La mía ya está bien garra. Sólo hubiera tirado los calzones.

Pero fue la mejor decisión. Después de botar la maleta el fantasma de Alex Mazapunk jamás se volvió a manifestar.

# El código del payaso

D edíquese a alguna actividad que lo haga feliz, le recomendó la terapeuta.

Apenas salió del consultorio, Rafael supo cuál sería su nueva profesión. Se convertiría en payaso.

Algunos divorcios se asemejan a desastres naturales o a pueblos arrasados. Es tal la devastación que toma años y años de psicoanálisis reconstruir alguna de las partes. Pero no importa la magnitud de la catástrofe, pocas se pueden comparar con la humillante separación por la que atravesó Rafael. Las parejas en rompimiento suelen disputarse propiedades, hijos, mascotas. Sin embargo, nadie conoce el verdadero y doloroso significado de perderlo todo de verdad hasta que tu esposa te abandona por tu propio hermano.

Desde pequeño, Rafael tuvo que padecer el carácter chingativo de Edgardo. Su hermano estaba empeñado en demostrarle que era mejor que él en todos los ámbitos. Existen dos tipos de hermano mayor. Aquel que funge como mentor. Quien devela con paciencia y dulzura los misterios del entorno al recién llegado. Y está el otro, el que trata al más chico como un subordinado. Lo manipula y lo ningunea sin clemencia. Le retuerce el brazo hasta obligarlo a suplicar compasión. Edgardo pertenecía a los segundos.

Cada cumpleaños Rafael tenía que pedir de regalo el videojuego que Edgardo deseara. Si se negaba, le aplicaba la ley del hielo por semanas. A los siete años, una navidad, lo desobedeció. Le pidió a Santo Clos el FIFA en lugar del Grand Theft Auto como le había ordenado Edgardo. El desafío le salió caro. Para desquitarse, Edgardo arrojó el videojuego a la chimenea. Rafael lo acusó con su papá y como castigo Edgardo tendría que pagar el videojuego con sus domingos.

Eres un maldito soplón, le dijo Edgardo cuando ambos se encontraban en sus camas con la luz apagada. ¿Sabes lo que le pasa a los chivatones? Sí que lo sabes. Lo has visto en las películas.

Rafael guardaba silencio.

Sé que me escuchas. Sé que estás despierto. Pero no tiembles, gallina. No te haré nada a ti. Mataré a tu feo perro.

Niki era la mascota de la familia, aunque nadie lo quería como Rafael. Había insistido tanto en que adoptaran un cachorro que su padre aceptó con una condición. Quedaba prohibido que lo alimentaran con sobras de pollo. Era demasiado pequeño y podría ahogarse. Podía subirse a las camas con las patas manchadas de lodo, vomitar sobre la sala, orinarse en la alfombra, excepto, lo recalcó varios días, comer huesos de pollo.

Como era veinticinco de diciembre desayunaron restos de la cena. Edgardo le dio una de las alas del pavo a Niki y el cachorrito se asfixió. No pudieron reprenderlo por la muerte porque le habían advertido de los huesos de pollo, pero no de los de pavo. Enterraron al perro en el patio. Esta vez Rafael no lo delató, sin embargo, tuvo que dormir varias noches con sus padres a causa de las pesadillas.

A partir de entonces, Rafael nunca volvió a retar a su hermano. A su corta edad comprendió que Edgardo podía ser cruel hasta lo implacable. Su niñez se convirtió en una sucesión de vejaciones y humillaciones. Y ya sabemos lo que en ocasiones suele provocar el maltrato sistemático: síndrome de Estocolmo. Conforme los años transcurrían, en el caso de Rafael la admiración que suele tenerse por los hermanos mayores no hizo sino acrecentarse. La ciega adoración que sentía por Edgardo le impedía defenderse de sus ataques.

Todos los días, Edgardo inventaba nuevas formas de atosigar a Rafael. Por placer, aburrimiento o diversión. Difícil precisarlo. Una tarde lo hizo leer un relato, "Hombre del sur", de Roald Dahl, sólo para torturarlo. Un hombre le apuesta a un cadete que no puede prender su encendedor diez veces consecutivas. Si el cadete gana se queda con un Cadillac. Si pierde, el hombre le corta el dedo meñique de la mano izquierda. Siempre que Edgardo quería amedrentar a Rafael lo amenazaba con el juego del encendedor.

Si ganas te dejaré escoger tu regalo de cumpleaños.

¿Y si pierdo?

Me darás tu mesada.

Pero yo no quiero jugar.

No seas mariquita, lo fustigaba Edgardo.

Rafael sabía que si se rehusaba su hermano no le dirigiría la palabra por tiempo indefinido. Y nada lo angustiaba tanto como el silencio de parte de su hermano. Agitó el encendedor como vio que hacían los adultos antes de prender un cigarro y lo accionó. La llama surgió y Edgardo comenzó a contar las veces que lo consiguió.

Una.

Dos.

Tres.

Cuatro.

Al quinto intento la chispa ya no brotó.

Cada mes Edgardo le hacía lo mismo, lo obligaba a apostar al juego del encendedor. Siempre lo derrotaba y se quedaba con su dinero. Pero a pesar de lo mal que lo pasaba, no podía dejar de complacer a su hermano.

Aunque era dos años menor, a los catorce Rafael ya era más alto que Edgardo. Pero el control que su hermano ejercía sobre él no se modificó en lo absoluto. Su dominio no se basaba en la fuerza física. Cuando Rafael comenzó a jugar futbol, Edgardo hizo lo mismo a pesar de que no le interesaba el deporte. En la cancha, Edgardo dejó más claro que nunca que su misión en el mundo era anular a su hermano. Como Rafael eligió la posición de delantero, Edgardo optó por la defensa. Y de todos los jugadores de la liga, ¿quién le hizo las entradas más duras a Rafael? La sangre de su sangre. Edgardo le tiró los codazos más criminales. Las planchas más sádicas. Los pisotones más flagrantes.

Pero la toxicidad no paró ahí. Edgardo no descansó hasta echarse a la bolsa a los compañeros de equipo de Rafael. Convenció a todos para que le sacaran la vuelta a su hermano y formaran un nuevo equipo junto a él. Rafael no estuvo invitado. No era la primera vez que le robaba amigos. Nunca lo hacía de frente. Era un especialista en apuñalar por la espalda. Para lavarse las manos, jamás se cansaba de repetir que para él lo más importante era la felicidad de su hermano menor. Sin embargo, su única vocación era hacerle la vida imposible a Rafael.

Es bastante común dentro de los núcleos familiares que un miembro viva a la sombra de otro. La madre del padre. La hermana del hermano. Rafael aprendió a convivir con el antagonismo desde temprano. Y lo más significativo: a hacerse a un lado. No se defendía del bulin que Edgardo le infringía. Nada mellaba el respeto que sentía por su hermano mayor. Estaba acostumbrado a que le usurpara todo.

Cuando le tocó asistir a la universidad, Edgardo batalló para decidirse por una carrera. Toda la vida había estado en el mismo colegio de Rafael. Antes de matricularse le preguntó a su hermano menor qué licenciatura planeaba estudiar. Intentó chantajearlo de mil formas. Rafael nunca confesó. No le quedó más remedio que inscribirse en el Politécnico. No había día en que no tratara de convencer a su hermanito de que siguiera sus pasos. El temor de que ingresara en una facultad distinta lo consumía. Por eso, dos años después, cuando a Rafael le tocó elegir y se decantó por sociología, Edgardo se dio de baja y empezó desde cero con su hermano en la UNAM.

Les tocó en la misma aula. El primer día conocieron a Maru. Edgardo apenas si reparó en ella. Para Rafael fue un flechazo a primera vista.

La mecánica entre hermanos se alteró con la aparición de Maru. Rompió ese hechizo que parecía infalible. Rafael comenzó a invertir todo su tiempo libre en ella. Y aunque la simbiosis entre hermanos había sido sólida en el pasado, Edgardo no podía competir en ese campo. La idea de ser un mal tercio le chocaba tanto que prefería apartarse.

Nunca había tenido que compartir a su hermano con nadie. Y se produjo un distanciamiento insalvable.

A pesar de convivir a diario en el salón, Rafael y Edgardo casi no interactuaban. En cuanto terminaba una clase, Maru y Rafael se amueganaban para escabullirse por los jardines de la facultad. Ni al terminar las tareas se separaban. Por la tarde se refugiaban en la casa de Maru a mirar series. Rafael no llegaba a la suya hasta las diez de la noche. Le dedicaba dos minutos de atención a su hermano y caía muerto de sueño.

Existe gente cuya felicidad se finca en la infelicidad de los demás. Durante toda la carrera Edgardo se sintió fuera de lugar. En ocasiones malvibraba que su hermano escapaba de él. Pero Rafael no huía, estaba enamorado. Desde el primer día, cualquiera que hubiese visto juntos a Maru y Rafael habría pensado lo mismo, que eran una pareja destinada a casarse. A construir una familia. A no separarse jamás.

Un semestre antes de graduarse, Rafael pidió la mano de Maru.

¿Un anillo de circonio? Pinche tacaño, criticó Edgardo a su hermano cuando se enteró del compromiso.

Rafael no contestó la agresión. Hacía meses que Edgardo no lo insultaba. Ni lo hería. Ni lo sobajaba. Interpretó las palabras de su hermano como despecho puro. Era evidente que Edgardo estaba enojado. Que se sentía traicionado. Que hervía de coraje porque por primera vez en la vida Rafael se le adelantaba en algo. Edgardo siempre había deseado todo lo que poseía Rafael. Lo excepcional era que no anhelara a Maru. Que no haya ambicionado arrebatársela. Lo que emputaba a Edgardo era no ser el primero.

Un mes después de graduarse, Maru y Rafael se casaron. La luna de miel fue en Mazatlán.

Te la hubieras llevado a París, pinche jodido, se burló Edgardo a sabiendas de que él tampoco tenía el dinero suficiente para viajar a Francia.

Rafael no se desgastó en responder. A su regreso no volvería a ocupar la habitación que había compartido con Edgardo durante veinticinco años. Todas las maldiciones terminan por romperse. La hora de cortar el nexo enfermizo con su hermano por fin había llegado.

Maru y Rafael consiguieron trabajo como maestros en una universidad privada. Eran la sensación entre el profesorado. Por su complicidad y por su sentido del humor. Ambos sociólogos. Ambos pertenecientes a la misma generación. Y esposos. Su bobada favorita era parodiar a unos dibujos animados llamados Gemelos Fantásticos, dos superhéroes extraterrestres que tenían la habilidad de convertirse en cualquier objeto o cosa con sólo chocar los puños.

Poderes de los Gemelos Fantásticos, actívense, pronunciaban al unísono mientras unían los nudillos.

Pero en lugar de transformarse en un artefacto prodigioso o en un animal mitológico creado con inteligencia artificial, pedían tomar las formas más intrascendentes posibles.

En baba de caracol, invocaba Maru.

En pata de cucaracha, respondía Rafael.

Se meaban de la risa de sus tarugadas y volvían a entrechocar los puños.

En pelo de axila sudada de quinceañera, reinvocaba Maru.

En moco de feto de guajolote, contestaba Rafael.

Se orinaban de la risa otra vez y volvían a la carga.

En frasco de mariguanol, clamaba Maru.

En gargajo de güero de rancho color metanfeta, soltaba Rafael.

Todos les auguraban un futuro promisorio.

La consecuencia natural de tanta concupiscencia merecía ser cristalizada en un hijo. O quizás en dos. Pero nunca en tres. Era lo que dictaba el canon del amor. Transcurrieron cuatro meses, seis, ocho. Pero el marcador seguía en cero.

¿No crees que ya debería estar preñada?, le preguntó Maru a Rafael un lunes por la mañana después de hacer el amor.

Acudieron al médico en busca de orientación y su vida se convulsionó por el desconcierto. No concebían que las cosas pudieran salir mal. Habían cumplido al pie de la letra con el contrato. Ensamblaron todas las piezas según el instructivo. Sin embargo, no habían podido armar el paraíso. El resultado no se parecía en nada al que aparecía en las fotos de publicidad de la familia perfecta.

Sólo las parejas que han atravesado por la dificultad para embarazarse entienden lo que padece el soldado antes de marchar a la guerra. Ignoran si regresarán con vida. O juntos. Que es lo mismo. Viven una especie de crucifixión.

A los ojos de sus familiares. De los médicos. De otras parejas. Cómo es posible que la juventud traicione de esa manera. Si Mick Jagger procreó hasta los setenta y dos años. Empieza toda una serie de duras pruebas que aniquilan el ánimo. Existen enfermedades que tienen respuesta. Al menos el fumador conoce el origen de su cáncer. Pero la infertilidad no puede explicarse.

El conteo de espermas arrojó la desalmada pero soportable verdad: el defectuoso era Rafael. Soportable porque había esperanza. Existía un par de soluciones que podrían salvar el matrimonio con la voluntad y el amor suficientes. Pero no por ello se salvarían de que la impotencia les causara un trauma de esos que por mucho que ahogues en alcohol no dejará de doler ni un segundo. No se comparaba a la pena del bombero que falla en su intento por rescatar a una anciana de las entrañas de un incendio o a aquel que se priva de impedir que un suicida se arroje desde un puente. Esto era distinto. Estás podrido por dentro.

Quien asevere que algo así no te destruye, miente. Rafael destilaba odio y amargura. Odio contra todos los hombres que sí podían reproducirse. Se agarraba a madrazos con cualquiera en la calle. Se aproximaba y gratuitamente les soltaba un chingadazo en plena jeta. Algunos huían pero otros sí contestaban a putazos. Nadie le preguntaba por qué le cantaba un tiro. Pero si alguno lo hubiera hecho habría respondido que era por su capacidad para generar más de quince millones de espermas por mililitro. Sentía especial rencor contra aquellos que, pudiendo ser padres, no lo eran. Cómo los diferenciaba. No había manera. Los consideraba a todos sus enemigos.

Lo amargaba sentir que había traicionado a Maru. Regresaba a casa con los ojos morados y el hocico roto con la naturalidad de quien acaba de tomar una clase de tenis. No se quejaba. Lo que le arrancaba lágrimas de frustración eran los folletos de inseminación artificial que se amontonaban sobre la mesita de centro de la sala. Nada de eso debería estar ocurriendo. No deberían estar ahí. Maru no debería estar considerando opciones. Él no debería ser estéril. Te prometo que nunca lo sabrá, le dijo Maru en la sala de espera del ginecobstetra. Llevará tu apellido. Tus manías. Tus tics. Hasta tus vicios.

Pero no mis genes.

Sí, quizás millones en el mundo estarían felices de que su ADN se extinguiera. Pero Rafael no. Él quería aparearse. Anhelaba un mini-yo. O una mini-yo. A quien lo atara la genética y no lo meramente simbólico. Reconocerse en sus facciones. Así como sus padres se reflejaban en las suyas. Si la tragedia que le había caído encima lo tenía abatido, la explicación del médico sobre el procedimiento a seguir lo asqueó por denigrante. El semen sería inoculado en la vagina de Maru vía un conducto artificial. Una pinche manguerita le haría el amor a su esposa. Porque él era un inútil.

Tenemos el mejor esperma del mercado, aclaró el médico.

Pero mi estirpe se perderá, lamentó Rafael.

El donante es anónimo, repuso el médico. Ya sabe, para evitar conflictos morales que terminen en batallas legales. Pero si usted cree que alguno de sus familiares no tenga problemas en donar una muestra, podríamos analizar el caso. Un primo o un sobrino. Cuanto más joven la probabilidad de éxito es mayor.

Tiene un hermano, dijo Maru.

Desde su casamiento, Rafael había roto todo contacto con Edgardo. Ni siquiera lo había invitado a la boda. Tampoco lo había llamado para felicitarlo por su cumpleaños. Pedirle apoyo, en particular de ese tipo, significaría arrodillarse ante esa supuesta superioridad que su hermano le restregó en la jeta toda la vida. Y nada satisface más al tirano que otorgarle la razón. Puedes errar un penal. Puedes fallar en una inversión. Puedes equivocarte al elegir pareja. Pero el esperma es lo más puro en un hombre. Su producto más acabado. Y cuando no funciona no hay fracaso que se le compare.

Rafael prefería criar al hijo de un extraño antes que otorgarle semejante poder a su hermano. Mendigar el favor de Edgardo quedó descartado y continuaron con el plan de recurrir al banco de esperma. El médico les advirtió que la burocracia de la fertilidad era desgastante hasta el hueso. Sin embargo, estaban dispuestos a rellenar los kilómetros de formularios que se les avecinaban. Era mejor que separarse. O ser unos huérfanos a la inversa. ¿Acaso existe algo más triste que una pareja de ancianos sin descendencia que vele por ellos?

Dos semanas después, Edgardo llamó al timbre del departamento de Rafael. En cuanto lo vio comenzó a temblar. Así que ahí estaba por fin para hacer leña del árbol caído. Prenderle fuego a esa leña. Tirar las cenizas por el retrete y jalar la cadena.

¿Puedo pasar?

Quién te lo contó.

Mamá.

Mira cabrón, las cosas no están nada bien por aquí y en estos momentos lo último que necesito es que me eches más mierda encima.

Tranquilo, carnal, suavizó Edgardo. Vengo a ofrecerte mi ayuda.

No hay nada que puedas hacer por mí.

Puedo ser el donador.

No digas pendejadas.

Por qué no. Soy tu hermano. Llevo tu sangre. Como dicen por ahí, todo queda en familia.

¿Y ahora qué te dio por disfrazarte de buen samaritano?

¿Acaso no te gustaría que papá tuviera un nieto con la misma información genética que corre por sus venas? ¿Crees que lo amaría igual? ¿Tú lo amarás igual?

Edgardo, el amor no tiene nada que ver con eso. Pero nunca lo entenderás. ¿Has amado a un perro? No, ¿verdad? Al pobre de Niki lo mataste a sangre fría.

No compares a un perro con un hijo.

¿Ves? No alcanzas a comprender de lo que hablo. Amaré a mi hijo aunque no sea su padre biológico con tanta fuerza como si lo hubiera engendrado.

Mira, Rafa, sé que no he sido el mejor de los hermanos. Y por eso estoy aquí. Que no me invitaras a tu boda hizo que me cayera el veinte. Arruiné nuestra relación. Pero en esto que te está pasando yo veo una oportunidad. La chanza de enmendarme contigo. Carajo, eres mi hermano. Déjame ser el donador. No te pido que me aceptes de nuevo en tu vida. Ni que me dejes estar cerca del niño. Ésas son cursilerías que sabes que no van conmigo. Quiero darte ese regalo, carnal. Platícalo con Maru, considérenlo.

A Rafael le costaba creer en la aparente sinceridad de su hermano. Desconfiaba de su repentino arrepentimiento. Pero no pudo evitar sentir el llamado de la sangre. El mendrugo de amor que había limosneado de parte de Edgardo toda la vida por fin le era ofrecido.

Maru también estaba toda desquiciada por la situación. Se reconocía tan desesperada que incluso puso sobre la mesa el tema de la adopción. Se le había ocurrido la pésima

idea de investigar el porcentaje de embarazos por inseminación artificial. La tasa era demasiado baja. Del quince al
veinte por ciento. En este punto ella lo que quería era un
hijo. Ya no le importaba tanto el método. Tenía dos tipos
de fantasías recurrentes. En una se robaba un bebé de una
carriola en el pasillo de un supermercado, mientras la madre revisaba la etiqueta de una mantequilla clarificada or-
gánica. En la otra, una pareja de gente pobre se le acercaba,
pero no para pedirle dádiva, sino para rogarle que por favor
se hiciera cargo de su hijo recién nacido porque ellos no
tenían para alimentarlo.

Cualquiera de las dos vías, la de la inseminación in vitro
o la adopción, eran caminos largos y arduos.

Edgardo estuvo aquí, le dijo Rafael a Maru una noche
después de la cena.

Su esposa contaba con poquísimos detalles acerca de la
enemistad entre los hermanos. Todo lo que sabía era que
tenían una pésima relación. Rafael nunca le había contado
las miles de fechorías que había sufrido a manos de Edgardo. Era algo de lo que se avergonzaba. De lo que se resistía
a hablar.

Qué quería Edgardo, preguntó Maru.

Quiere ser el donante.

Cómo se enteró. Seguro se lo dijo tu madre.

Tarde o temprano lo haría. Algo así no se puede ocultar
mucho tiempo.

Y qué opinas.

Me parece bastante retorcido. ¿Y tú?

No me encanta nada la idea. Pero reconozcamos las ven-
tajas que supone.

Y cuáles son.

Pues al menos sabemos que tu hermano está sano. Qué tal que nos toca un esperma pútrido. Y nuestro hijo nace mal.

Eso no pasaría, en la clínica de fertilidad cuentan con especímenes certificados.

Pues yo no confío en ellos.

Yo en quien no confío es en Edgardo.

Crees que también sea estéril.

Estoy seguro de que no lo es.

¿Entonces?

Imagínate que lo elijamos y el día de mañana quiera tomar decisiones sobre el futuro del niño o la niña.

No podría. Firmaríamos un contrato donde él renunciaría a cualquier tipo de derecho.

¿Te das cuenta de lo escabroso que es todo este asunto? No me gustaría enfrentarme en una batalla legal con mi propio hermano. Ni de ningún tipo. La única opción que nos queda es la del donante anónimo.

¿Y si no funciona? ¿Me prometes que adoptaríamos?

Sí, respondió y no pudo evitar cavilar en lo que diría Edgardo al respecto. Los perros se adoptan, los hijos se procrean.

El procedimiento arrancó en el mes de marzo. Maru estaba con que el producto naciera capricornio, como su madre. En cuanto comenzó a ovular la atacaron los nervios, como al boxeador que se sube a disputar su primer combate amateur. Quería bajarse del ring victoriosa.

En su día más fértil ingresó a la clínica. Todo fue de los más ordinario y aburrido. La antesala parecía la recepción de un spa de uñas. Varias mujeres esperaban turno mientras hojeaban revistas de chismes. La treparon en una silla de ruedas y la llevaron a un cubículo para que se quitara la ropa y se colocara la bata de papel. Volvieron a subirla en la silla y la llevaron a un cuarto donde fue depositada sobre otra silla, una bastante parecida a las de los gamers pero rematada con dos descansapiernas. Mismas que le alzaron de la manera más rutinaria y luego le introdujeron una inyección de semen en la vagina.

La dejaron media hora con las piernas levantadas.

Se le durmieron las nalgas, pero no tuvo que caminar. La condujeron una vez más en la silla de ruedas hasta sus pertenencias y después hasta la puerta del carro.

Ahora a rezar, le dijo a Rafael al regresar a su departamento.

Supo que la técnica había fallado cuando le vino la regla. El doctor observó que era de esperarse. Pero no debían desanimarse. La facultad de fecundación aumentaba conforme los intentos se replicaban. La mayoría de los casos se consolidaban al tercer o cuarto mes. Cuando la probabilidad alcanzaba cincuenta por ciento. Pero que después del cuarto se reducía drásticamente. En ocasiones a cero. Sin embargo, había que ser optimistas. Maru era una mujer joven. Y la lozanía estaba de su lado.

El segundo mes el resultado fue el mismo. Y el tercero también. La frustración comenzó a apoderarse de Maru y pasaba noches enteras sin dormir. Por la mañana se tomaba cuatro tazas de café para mantenerse despierta durante las clases. El doctor le había advertido que el estrés era un componente que jugaba en su contra. Pero quién que atravesara por una situación tan angustiante podría pasarse la tarde tejiendo y sin alterarse.

Maru se encontraba tan desmoralizada que tomó la decisión de no hacer el cuarto intento.

No volveré, le dijo una noche de insomnio a Rafael.

Tienes que hacerlo, le respondió.

¿Y si no funciona?

Eso no lo sabemos. Recuerda lo que dijo el médico. La cuarta es la buena.

¿Y si no lo consigo?

No voy a dejar que te rindas, mi amor, dijo Rafael. A la próxima yo te acompañaré.

El siguiente mes cumplieron con el mismo protocolo. Esta vez Rafael la esperó en la salita rodeado por mujeres con cara de pánico. El mismo que veía en Maru todos los días. Aprovechó el tiempo para revisar unos exámenes. Al salir fueron a cenar a un restaurante de carnes. Maru se comió un corte de seiscientos gramos. Más entrada, una guarnición de papas gallo horneadas, postre y dos copas de vino. Si fue por nervios o porque había recobrado el apetito, Rafael no lo pudo determinar. Después ingirió un somnífero que le había recetado el doctor y durmió dieciocho horas de corrido.

A los veintiochos días, Maru, que era puntual hasta lo marcial en su periodo, se retrasó. No le dijo nada a Rafael para no ilusionarlo. Dos semanas después compraron una prueba de embarazo y salió positiva. El doctor les indicó que había que esperar un lapso prudente de tres meses antes de cantar victoria. Mientras se cumplía el plazo, Rafael experimentó cierto distanciamiento de parte de Maru, pero lo atribuyó al nerviosismo y al cansancio implícito.

Conforme se aproximaba el momento de rebasar la barrera de los noventa días, Rafael no pudo evitar emocionarse. Compró un moisés. Y empezó a abastecerse de pañales. De todas las etapas. En cuanto veía una oferta se aprovisionaba. Había oído de otras parejas que ya habían sido padres que los gastos más pesados, además de las consultas con los ladrones de los pediatras, eran los pañales y la leche en polvo. En cambio, Maru lucía cada día más ensimismada.

Aquel día Rafael regresó al departamento entusiasmadísimo porque por la noche invitarían a sus padres a cenar para darles la noticia. Todavía faltaban seis días para que se contabilizaran los tres meses exactos pero ya era un hecho. Ya podían permitirse celebrar. Lo primero que vio Rafael al entrar fue a su hermano sentado en la sala. Corrió a abrazarlo.

Ya te enteraste, le dijo alegre.

Tenemos que hablar, le respondió.

Maru apareció con el maquillaje corrido. Evidencia de que había estado llorando.

Mi amor, ¿estás bien? preguntó Rafael. ¿El bebé está bien?

El bebé está bien, acotó Edgardo.

¿Papá y mamá?

Ambos bien, también.

Qué pasa entonces.

El hijo que Maru espera es mío, dijo Edgardo tajante.

Qué, respondió Rafael. Qué pendejada dices.

No es ninguna pendejada. Yo soy el padre biológico de esa criatura.

Estás pero que si bien orate, cabrón. Yo mismo llevé a Maru hace tres meses a la clínica.

Todos sabemos que esa mamarrachada de la inseminación in vitro no funciona. Esa madre es un fraude. Es puro aire lo que les meten. Y lo cobran a precio de oro. Y yo lo tengo gratis, hermanito. Maru no recibió esperma en su visita. Entró y salió de la clínica sin pasar una cuarta vez por la misma humillación.

De qué habla este enfermo, le preguntó Rafael a Maru.

Su esposa no respondió, sólo estalló en llanto.

Se trataba sólo de tirar la flema. Y ya. Yo me encargué. Maru y yo nos hemos estado acostando desde que falló el procedimiento por tercera vez. Una vez más he tenido que enseñarte cómo se hacen las cosas, chiquitín. Yo sí soy un hombre. No tengo las bolas de adorno como tú. Pinche arbolito de navidad.

¿Es cierto lo que dice esta basura?, le preguntó Rafael a Maru.

Su mujer se encerró en su habitación sin atreverse a mirarlo a la cara. Rafael fue tras ella.

Maru, ábreme por favor, le rogó Rafael. Vamos a hablar, mi amor. Vamos a encontrar una solución a todo esto. Pero necesito que me abras.

Se escuchó un portazo. Edgardo se había largado. Pese al caos que se había desatado Rafael sintió algo de alivio. Un problema menos. Su hermano ya estaba satisfecho. Sólo había aparecido para hacerle la vida miserable como siempre. Edgardo siendo Edgardo. Más cruel y más desleal que nunca. Ahora lo que reclamaba toda su energía era Maru. Pero por más que le rogó y le chilló no abrió. Fueron horas de súplica. Hasta que lo venció el cansancio y se quedó dormido recargado en la puerta.

Cuando despertó su esposa se había marchado. La puerta de la recámara estaba abierta. Él obstruía el paso. Para salir Maru había tenido que pasarle por encima. Justo como lo había hecho Edgardo toda su vida. En la mesa del comedor encontró un recado.

Rafael, perdóname. Tengo que estar con el padre de mi hijo, decía la nota escrita con mano temblorosa.

Maru se mudó a casa de los padres de Rafael. Éstos no intervinieron ni expresaron opinión alguna. Habrá familias en las que se pueda tomar parte por alguno de los hijos. En este caso no. Sólo fungían como testigos de la traición. La misma habitación que Rafael había compartido por años con su verdugo era donde ahora dormía Maru.

Edgardo no perdió el tiempo. Presionó a Maru para que le pidiera el divorcio exprés a Rafael. Quien no opuso resistencia alguna para firmarlo.

Después ocurrió lo del oído.

Una tarde Rafael despertó de una siesta y descubrió que había perdido la audición del oído izquierdo. Se puso sus tenis y se preparó para salir a correr. De alguna manera tenía que combatir la depresión que lo erosionaba. No sólo había renunciado al trabajo, también a bañarse y a comer. Pero tras semanas de abatimiento rotundo decidió dejar de sentir lástima por sí mismo. Se metió los audífonos de chícharo y le dio play al *Comfort to Me* de Amyl and the Sniffers. No escuchó nada del lado izquierdo. Pensó que el auricular se había jodido. Se lo guardó en la bolsa de su pantalonera y comenzó a trotar por el parque. Metros más adelante lo arrolló una bicicleta. El ciclista le había gritado aguzado aguzado, pero Rafael no lo escuchó.

El ciclista lo ayudó a levantarse y se disculpó con él. Rafael lo veía mover los labios pero no entendía nada de lo que decía. Tuvo que voltearse para escucharlo del lado derecho.

Ponte esto y dime si funciona, le dijo al ciclista y le pasó los audífonos.

Sin problemas, mai fren, le dijo.

¿Ambos lados?

A la perfección.

Rafael se regresó en chinga al departamento. Apenas entró hizo un experimento. Encendió la tele y pegó su oído izquierdo a la bocina. No escuchaba nada.

Al día siguiente sacó cita con el otorrino.

Le ordenaron hacerse una prueba auditiva. Rafael ingresó en una cámara parecida a las cabinas de radio. Pero más pequeñita. Como un sauna. Se colocó unos audífonos y estuvo apachurrando botones según los distintos estímulos que le mandaban a sus tímpanos. Una vez listos los resultados volvió a consulta.

¿Existen antecedentes de tinnitus en su familia?, le preguntó el otorrino.

No que yo sepa.

No tiene nada que ver con su caso, se lo preguntaba sólo para rastrear algún tipo de trastorno de origen genético. Es muy raro que una persona tan joven pierda el sentido del oído de manera tan repentina.

¿Cree que se trate de algún tipo de virus o bacteria?

No. Las pruebas son contundentes. Usted no tiene nada. Su pérdida de la audición es de origen psicosomático. ¿Ha estado sometido a mucho estrés últimamente?

Quiere decir que no he perdido el oído.

No hay evidencia de traumatismo de ningún tipo. O de inflamación. No escucha, pero su órgano está en perfecto estado. No puedo recetarle los corticoides que usualmente indicamos en casos como el suyo porque no producirán mejoría alguna. O algún aparato amplificador porque tampoco le serviría de nada.

Y qué debo hacer entonces.

Ir a terapia, respondió. Es el único tratamiento para la somatización.

No conozco a ningún psicólogo, dijo Rafael.

Aquí en el cuarto piso está la doctora Arriaga, dijo y le extendió una tarjeta. Dígale que va de mi parte.

Ni siquiera tuvo que salir de la unidad médica. Subió unas escaleras y la secretaria le programó una cita.

En la primera sesión Rafael le relató a la doctora Arriaga todo lo que había sucedido con Maru y su hermano.

Estuvo sometido a un shock muy grande, le dijo la terapeuta. Ésa es la raíz de su pérdida de la audición.

¿Volveré a escuchar algún día?

Recuperará el oído. De eso no hay duda. Pero necesita afrontar su realidad. No quiere escuchar la verdad. Que su mujer lo abandonó por su hermano. Por eso inconscientemente ha bloqueado su oído izquierdo. Que es el que está del lado del corazón. Lo hirieron de manera profunda. Lo traicionaron. Y está accionando un mecanismo de defensa.

La terapia comenzó de manera semanal. Luego se espació cada quince días. Después de cinco meses de sesiones Rafael estaba más pesimista que nunca.

Doctora, he comenzado a pensar que me quedaré sordo para siempre.

El problema Rafael, le dijo, es que se ha vuelto un depósito sus propias emociones negativas. Tiene que dejarlas ir. Tiene que soltar. Y también debe hacer cosas buenas por usted. Dedíquese a alguna actividad que lo haga feliz.

No le costó tomar la decisión. Se dedicaría a ser payaso. No porque deseara ocultarse. Esconder su vergüenza detrás de un disfraz. Llevaba mucho tiempo deseando un hijo. Consideró que lo único que le podría procurar algo de alegría sería el contacto con los niños. Y lo más importante, que Edgardo no se querría medir con él. Su hermano jamás se disfrazaría y se maquillaría.

Ser payaso es una anomalía. Pocos nacen con la vocación de serlo. La mayoría es como los indigentes. Toman ese camino porque algo se quebró en su interior. Como le ocurrió a Rafael.

El oficio de entretener a los niños rara vez se porta con dignidad. Sólo un fracasado se atreve a convertirse en payaso. Ninguna familia se siente orgullosa de que uno de sus miembros lo sea. Es una deshonra. ¿Quién toma en serio a un payaso? A menos que alcance el estatus de superestrella y salga en la televisión. Pero ésos se cuentan con los dedos de una mano.

Rafael sabía que nunca sería un gran payaso. Sin embargo, decidió respetar el código de ética de la profesión con rigor. Regirse bajo los ocho mandamientos. Uno: mientras esté vestido y maquillado actuaré y me comportaré dentro de los límites del buen gusto. Dos: cuando esté vestido y maquillado procuraré mantener siempre el anonimato. Tres: mientras esté vestido y maquillado no consumiré bebidas alcohólicas, ni antes ni después de las actuaciones. Tampoco haré chistes que discriminen por cuestiones de raza, sexo, color de piel o algún tipo de discapacidad. Cuatro: al final de las actuaciones me quitaré el disfraz y con mi ropa de civil me comportaré como un caballero en todo momento. Cinco: cuando esté vestido y maquillado nunca hablaré de mis problemas personales en público. Seis: haré todo lo que esté a mi alcance para ofrecer el mejor de los espectáculos. Siete: actuaré en tantos actos como me sea posible. Ocho: me comprometo a no pelearme con mis compañeros de profesión.

Rafael no sería como esos payasos irreverentes que mientan madres, recitan vulgaridades, hablan sobre drogas y se rodean de mujeres semidesnudas. Él sería un soldado raso del humorismo inocente.

No asistió a la escuela de payasos. Aprendió a maquillarse con tutoriales de YouTube. Su atuendo estaba inspirado en el traje de los Gemelos Fantásticos. Un overol como el de los mecánicos, color lila con cinturón, guantes y zapatos morados. Le costó escoger un nombre. Todos los que le gustaban ya estaba ocupados: Lagrimita, Coco Rojo, Vita Uva, Tortillín, Carita de Huevo. Al final decidió llamarse Piponito. Después de renunciar a su puesto como profesor en la universidad se había conseguido una plaza como maestro en una prepa nocturna. Por las mañanas conducía un uber. Y por las tardes se transformaba en Piponito y salía a regalar globos a cuanto niño circulara por la calle.

Una tarde sucedió lo que la terapeuta le había advertido que ocurriría.

Tarde o temprano te toparás con tu hermano, le dijo.

O con Maru. O con los dos. Estés o no listo. Es lo que ocurre en las ciudades. La gente se cruza.

Pero lo que no pudo predecir la doctora fue que no sería un encuentro fortuito. Que sería su hermano quien lo buscaría.

75

A ver qué figura quiere el nene, le preguntó a un güerquito que se le acercó en la alameda.

Un perrito, respondió.

¿Un dóberman o un rottweiler?

Uno de pelea.

Pues ten un salchicha que es el único que sé hacer, le dijo y le entregó un globo alargado y sin forma.

Yo quiero un pomeriano, dijo una voz que lo atravesó como una bala. Era Edgardo.

Se dio la media vuelta y comenzó a caminar para alejarse de su hermano. Tranquilo, sin alterarse. Aunque por dentro se lo estuviera cargando la chingada. Edgardo lo persiguió. Luego Piponito se echó a correr. Pero sus tremendos zapatones le impedían hacerlo con agilidad. Su hermano lo alcanzó a los pocos metros y lo detuvo sujetándolo del brazo.

Qué chingados quieres, pensó en decirle para enfrentarlo pero no se atrevió a maldecir por el atuendo.

¿Podemos hablar?, le pidió Edgardo.

No me interesa nada que tengas que decir.

Regálame dos minutos.

Cómo te enteraste.

Me lo contó mamá. Lo sé todo. Que te volviste payaso. Y que perdiste el oído izquierdo.

Bueno, ya me viste. Ahora vete y déjame en paz.

Mira Rafael, o Biberoncito o como te llames, el hecho de que vaya a ser padre me ha abierto los ojos. Quizá pienses que no tengo cara para venir a buscarte. Pero cuento con un motivo poderoso para querer reconciliarme con mi hermano. Te lo voy a explicar. Vas a ser tío, cabrón. Piensa en eso. ¿A poco no quieres estar cerca de tu sobrino o sobrina? Sé que todo esto lo deseabas para ti pero no se pudo, carnal. No es mi culpa. Es de la vida, de la naturaleza o yo qué sé. En cambio, fue a mí a quien se le concedió la oportunidad de preñar a Maru.

Y no dudaste en tomarla.

Si no hubiera sido yo habría sido otro.

Habría sido menos doloroso.

Tarde o temprano te habría dejado.

No estés tan seguro.

Vamos, Rafael, habían estirado demasiado la cuerda, no tardaba en romperse.

Te casaste con ella. Seis meses después.

Era lo que debía hacer. Es el periodo que le marcaba la ley a Maru que debía esperar después del divorcio. Te habría invitado a mi boda, pero tú no me invitaste a la tuya.

Tan cínico como siempre.

Estoy aquí para pedirte que hagamos las paces. No por mí. Hazlo por la criaturita que viene en camino. Ella es inocente. No tiene la culpa de nada. Merece tener a su tío cerca.

No, gracias por la oferta pero no me interesa. Te pido por favor que no vuelvas a buscarme.

Ok, cabrón. Toma esto, le extendió un papel. Es la dirección de nuestra casa. El sábado tendremos una fiesta de develación del sexo del bebé. Si quieres dejar todo lo que ocurrió atrás y ver a tu familia te esperamos. Nos encantaría que nos acompañaras como payaso y fueras tú el encargado de revelar si es niño o niña. A Maru le dará mucho gusto verte.

Tras el encuentro, Rafael tomó un taxi a su departamento. En el trayecto comenzó a desmaquillarse.

Párese en esta esquina, le gruñó al chofer.

Se quitó el overol color lila y en puros calzones se le fue encima a putazos al primer güey que se le atravesó.

No podía engañarse a sí mismo. Se moría de ganas de ver a Maru. Seguro estaría hermosa con su panzota. Verla por última vez. Se debatió toda una noche sobre si debía presentarse o no. El instinto de sobrevivencia más básico afirma que para superar nuestros miedos debemos enfrentarnos a ellos. Y Rafael estaba cansado de huir. Habían pasado más de siete meses. Se sentía listo para perdonar. No le había comprado el mundo de caramelo familiar que Edgardo pretendía endilgarle pero era hora de darle la vuelta a la tortilla.

Llamó a Edgardo al número del celular anotado en el mismo papel que contenía la dirección.

Asistiré, le dijo y colgó.

Rafael estaba preparado para cualquier cosa. Menos para la sorpresa que le tenía Edgardo.

A las cinco de la tarde se presentó en la fiesta. Era en una quinta con alberca. Su hermano le abrió la puerta. Edgardo lo recibió vestido de payaso. Con un overol maltrecho manchado de pintura, una ridícula peluca de colores y una nariz roja.

Qué te parece, eh. Formemos un dueto. Podríamos llamarnos Los Milk Brothers. Uno dispara balas de salva y el otro expansivas.

Márchate, le dijo su intuición a Rafael, pero la desobedeció.

Su hermano ya estaba ebrio. Y sólo existía algo peor que Edgardo y eso era un Edgardo pedo.

El payaso soreque llegó. Mayatito, lo buleó, pasa, pasa. ¿O era Mamoncito? Me repites tu nombre artístico. ¿Te gusta mi look? Dicen que hacer reír es lo más difícil del mundo. Vamos a ver quién de los dos arranca más carcajadas.

Era una pesadilla pero Rafael la soportaría con tal de ver a su exmujer.

Qué te ofrezco, le preguntó. ¿Un bacacho? ¿Una chela?

Nada, gracias.

Uy, qué aguado. ¿Acaso no puedes brindar por nuestra felicidad?

No es eso, respondió. Tú sabes, por respeto al traje.

¿El traje qué?

No puedo beber vestido de payaso.

Pues qué aburrido. Hasta los curas beben cuando trabajan.

Dejó a su hermano hablando solo y caminó en busca de Maru.

Estás bellísima, le dijo en cuanto la vio y le dio un abrazo.

¿Ven?, dijo Edgardo. Qué nos cuesta. Podemos llevarnos bien.

Ella vestía un bata de embarazada color lila.

Mira, qué casualidad, le dijo a Rafael al reconocer su atuendo. Los dos venimos de Gemelos Fantásticos.

Y como en los viejos tiempos entrechocaron los puños.

Poderes de los Gemelos Fantásticos, actívense, dijeron al unísono.

En chicle mascado pegado a la suela de una chancla, dijo Maru.

En cobrador en moto con déficit de atención, dijo Rafael.

Y con eso se rompió el hielo entre los dos.

Había pocos invitados. Alrededor de veinte. A Rafael le extrañó no ver a sus padres. Pensó que llegarían más tarde.

A las siete de la tarde Edgardo estaba tan borracho que comenzó a hostigar a Rafael.

A ver, tú, payaso baquetón, le ladró. Cuéntate unos chistes. Diviértenos.

Yo sólo vine como maestro de ceremonias. ¿Recuerdas? A dar a conocer el sexo del bebé.

Pinche puñetas, renegó Edgardo. Ni para eso sirves. Si tú no sabes, yo sí me sé algunos. Le dice el doctor al paciente, le advierto que como deje de tomar el medicamento su condición empeorará. Ah, sí, se burla, mire cómo tiemblo. A lo que el doctor responde: es usted el enfermo de párkinson más pendejo que conozco.

Nadie le festejó la gracia.

Ah, ¿no les gustó? Aquí va otro. Qué le dijo una foca a su madre. I love you mother foca.

Como cómico te mueres de hambre, le dijo Rafael.

Y tú te mueres de ganas de estar en mi lugar, hermanito.

Edgardo, ya basta, le ordenó Maru. Ya andas bien chucky. Pon música. Ponte la del Cotsco.

Ah, cabrón, le preguntó su marido. Cuál es ésa.

A ver, deja la pongo yo, y le arrebató el celular.

"No no no, el coco no, el coco no", comenzaron a escupir las bocinas.

Los invitados se pararon a bailar. Maru sacó a Rafael.

A cada rato entrechocaban los puños.

Poderes de los Gemelos Fantásticos, actívense.

En trapo de cocina con olor a caño, dijo Maru.

En parabrisas de carro estrellado, dijo Rafael.

A la sexta vez intervino Edgardo.

En enfermedad venérea de putipobre con iPhone, dijo.

Antes de que su marido se pusiera más pesado, Maru anunció que era momento de conocer el sexo del bebé.

Piponito tomó el sobre revelador y todos los invitados se aproximaron a la mesa principal. Lo abrió y mostró la hoja a su público.

Es andrógino, dijo y todos se echaron a reír. Está en blanco.

No era ningún truco. El laboratorio había cometido un error. Quizá se le terminó la tinta a la impresora o alguien puso la hoja equivocada por descuido. Tendrían que llamar al día siguiente para enterarse del resultado.

No pasa nada, gritó Maru. Que siga la fiesta.

Rafael se terminó su agua de jamaica y su rebanada de pizza y anunció que se marchaba.

Mi misión aquí ha terminado, dijo. Me despido.

A dónde chingados vas, protestó Edgardo. No puedes irte sin antes entonarte un poco. ¿Estás seguro de que no quieres una cubita?

Mañana tengo que levantarme temprano.

Cuánto te debemos, le preguntó Maru.

Nada. Vine por el gusto de verlos.

No, rezongó Edgardo. Dinos cuánto.

Mi pago será que me llamen y me digan el sexo del bebé.

Se aproximó a Maru para chocar el puño por última vez y Edgardo estalló.

Yo también tengo mis jueguitos con Rafael, vociferó para que toda la fiesta lo oyera. ¿Verdad? Hermano. ¿Te acuerdas del juego del encendedor? Por qué no echamos una partida. Éntrale. Qué quieres apostar.

Están prohibidas las apuestas mientras tenga la indumentaria de payaso.

Pues quítate tu disfraz culero.

No puedo. Si entré maquillado a este lugar tengo que salir maquillado.

No seas culo, cabrón. Vamos a apostar algo choncho para que te animes. Qué te parece que si yo pierdo te regreso a Maru. Con bebé incluido. Y si yo gano te cortas un dedo.

Párale ya, Edgardo, le gritoneó Maru. Estás borracho, pendejo.

Es más, continúo Edgardo, para hacerlo más interesante vamos a saltarnos la parte del encendedor.

Fue a la cocina y trajo un cuchillo de carnicero.

Pensándolo bien, un dedo es muy vulgar. Vamos a apostar una oreja. Al cabo que una ya no te sirve. Vamos a ver quién de los dos se atreve a cortarse la oreja. Si ganas, te quedas con mi esposa.

Ya estuvo, Edgardo. No es gracioso, idiota.

¿Hablas en serio?, preguntó Rafael.

¿Somos hombres o payasos? le contestó Edgardo. Veo cómo babeas por mi mujer. ¿La quieres? Apuéstale pues.

No le sigas el juego, se interpuso Maru. Está ahogado.

No seas zacatón. Mira, ten, las llaves de esta casa, le dijo y las puso sobre la mesa.

No lo hagas, le dijo Maru.

Pérate payaso, le dijo Edgardo cuando vio a Piponito tomar el cuchillo. Pérate payaso.

Pensaba que no se atrevería. Pero cuando quiso detenerlo ya era tarde.

Poderes de los Gemelos Fantásticos, actívense, dijo Rafael y se cortó la oreja.

La sangre comenzó a brotar escandalosamente y Rafael se desplomó sobre una silla. Quedó en estado de catalepsia. Con la vista fija en la nada. Como una plantita de interior.

Alguien llame al 911, gritó Maru histérica. Llamen al 911.

Los invitados comenzaron a huir de la fiesta. Por el horror de la escena y por si llegaba la policía.

Maru fue a la cocina, llenó un tóper con hielo, metió la oreja dentro y lo tapó. Edgardo se encerró en su habitación. Y no salió hasta que llegó la ambulancia.

Está vivo, dijo el paramédico después de echarle luz a Rafael en las pupilas.

Lo acomodaron en la camilla y lo subieron a la ambulancia.

¿Nadie va a acompañarlo?, preguntó el otro camillero.

No, nadie, gritó Edgardo. Se va solo, como el perro que es. Toda la vida has tratado de estar por encima de mí, dijo dirigiéndose a Rafael. De asfixiarme con tu petulancia. Pero nunca lo conseguirás. Te felicito, hoy te graduaste como payaso, pero fracasaste como hermano, le entregó la caja con la oreja al camillero, cerró la puerta de la ambulancia y ésta arrancó.

La mirada de Rafael seguía perdida en el vacío.

Tranquilo, joven, le dijo el paramédico y puso la caja sobre su regazo. Su oreja se salvará. Se la coseremos.

Rafael pensó entonces que quizá ya no sería necesario, porque se percató de que en ese momento su sordera había dimitido. Clarito escuchaba con el oído izquierdo el ulular de la sirena.

Discos Indies Unidos, S.A. de C.V.

L a peor fecha para cumplir años es el día que tu padre se suicida.

Algunos te dirán que matarte y no arrancarle un capital a este mundo traidor es un desperdicio. Tienes que arrastrar una indemnización entre las patas. Recompensar tanto mal trago. Tanta desventaja. Tanta chingadera. Debes heredarle algo a los que se quedan. Sobran quienes sólo dejan broncas, deudas y dolor. Otros utilizan su suicidio como un acto de prestidigitación. Para premiar a la familia. Por los putazos recibidos. Por la abrupta salida. Tal como lo hizo el padre de Emanuel.

Para aquellos que son incapaces de ultimarse a sí mismos, al saltar desde un puente, colgarse de una corbata o ingerir un frasco entero de benzodiacepinas, existe el suicidio asistido. El padre de Emanuel le pidió a Mano de Hierro, su compadre, ayuda para planificar su propia muerte. Viejo, alcohólico y en bancarrota, había decidido inmolarse. Pero su final cumpliría un propósito, amparar a su familia. Si los últimos veinte años de su existencia habían sido una desgracia, quería que su partida fuera percibida con la menor amargura posible.

Lo apodaban Mano de Hierro por su sangre fría. El padre de Emanuel lo había elegido a él porque sabía que respetaría sus deseos. No lo juzgaría ni trataría de convencerlo, con lágrimas en los ojos, de que no se matara. Tampoco intentaría internarlo en una clínica de rehabilitación. Al contrario, Mano de Hierro lo apoyaría sin rechistar y cumpliría su voluntad al pie de la letra. Dispondría de todos los preparativos para fabricar el crimen perfecto. Auxiliar a alguien que ya no desea vivir es la muestra última de lealtad.

Si un día falto, puedes recurrir a Mano de Hierro, le dijo su padre unos días antes de morir. Puedes confiar en tu padrino.

Pero Emanuel nunca lo volvería a ver. Ni a hablar con él. Ni a mencionarlo siquiera. No después de lo que ocurrió. No después de su cumpleaños número veinticinco.

Mano de Hierro se encargó de todo. Acudió a las distintas aseguradoras y contrató los servicios de un asesino a sueldo profesional. El padre de Emanuel nunca abandonó su despacho. Firmar la papelería no le llevó más tiempo que el que tardaba en beberse media botella de Macallan 18. Había elegido morir de un disparo en la cabeza. Lo más rápido e indoloro posible. Sólo pidió no enterarse. No saber en qué momento, en qué lugar o qué día lo recibiría. Quería ahorrarse el drama del condenado que camina por el pasillo de la muerte. Quería que su deceso fuera inadvertido, como el de aquellos que después de ponerse la piyama y lavarse los dientes se van a dormir y nunca vuelven a despertar.

Fue un trabajo limpio. Un sicario le metió un tiro en la nuca al padre de Emanuel mientras se bebía su cuarto whisky del día en una terraza de un restaurante de Polanco.

Le quitó la cartera y el reloj para fingir un asalto. Mismos que todavía están en el cajón del escritorio de Emanuel por ser el hijo mayor. El padre de Emanuel casi nunca salía de su despacho, su alcoholismo paralizante se lo impedía, pero ese día su hijo cumplía veinticinco años y comerían juntos para celebrarlo.

Emanuel salió antes de la universidad para llegar a tiempo a la cita. A una calle del restaurante divisó la ambulancia, las torretas de una patrulla y una multitud de mirones. Como todavía no acordonaban la zona, pudo aproximarse hasta el cuerpo, que yacía en la banqueta. Reconoció a su padre por la corbata, una que él mismo le había regalado la navidad pasada, el traje color gris oxford y los mocasines de piel de cocodrilo. Mientras aguardaba el levantamiento del cadáver, Emanuel notó que sobre la mesa había un pastel que increíblemente había conseguido permanecer intacto.

El padre de Emanuel fue sepultado en el panteón Americano. La causa oficial de su muerte fue achacada a un robo a mano armada. Cuando se enfrió el asunto, la familia descubrió que el difunto había contratado un montonal de seguros de vida. Tras los trámites burocráticos las pólizas fueron cobradas.

Con su parte de la herencia Emanuel cometió el mayor de los actos suicidas posibles: montó un sello discográfico independiente.

Emanuel nunca había pensado en suicidarse. Hasta que recibió la orden de desalojo.

En unos meses cumpliría treinta y cinco años.

Se sirvió su sexto whisky del día y sacó de un cajón el reloj y la cartera de su padre. Los colocó sobre el escritorio con el mismo rendibú que le otorgamos a los amuletos. Era un rito que realizaba siempre que tenía dificultades. Como si el hecho de contemplarlos fuera a ayudarlo a encontrar la solución a sus problemas. Mano de Hierro se los había hecho llegar con un emisario. Semanas después del sepelio tocaron a la puerta de su departamento. Cuando abrió se encontró con una pequeña caja depositada en el suelo. Además de la cartera y el reloj contenía una carta en la que su padre le explicaba toda la maniobra con las aseguradoras.

Así como nadie te enseña a ser padre, nadie te alecciona para dirigir un sello discográfico. Emanuel no era un mal director. Había conseguido cierto prestigio. En estos tiempos, en que las plataformas de streaming hacían todavía más complicado el arte de vender discos, que la mayoría de las vacas sagradas del país quisieran grabar gratis con él era el mayor de los halagos. Pero Emanuel era celoso de su criterio. Grababa sólo a los artistas en los que él creía sin importar cuán famosos eran. Así se volviera a reunir el mismo Belanova, se mantenía fiel a sus principios.

Los sellos indies han salvado al rock, le había dicho en una ocasión Jaime López.

Y era verdad. Discos Indies Unidos había sido parte de esa salvación. Siempre le había ido bien hasta que comenzó a irle mal. Y ahora, a punto de cumplir su décimo aniversario, había tocado fondo. Los sellos independientes son como un paciente terminal. Pueden tardarse en morir un día o cinco años. No hay uno solo que no tenga problemas de dinero. Incluso aquellos que pueden presumir de cierto éxito. Sin embargo, siempre consiguen sobrevivir a golpe de estímulos gubernamentales. Pero el estado de Discos Indies Unidos era crítico y amenazaba con extinguirse.

Debía catorce meses de renta. Siempre que se retrasaba se armaba con dos vasos old fashion y una botella de whisky antes de visitar a su casero. Apagaba la bronca con un abono y la promesa de que algún día, cuando Discos Indies Unidos fuera tan famoso como para que lo comprara una trasnacional como Universal, fundaría otro sello desde cero y le compraría el inmueble. Así seducía al dueño de las oficinas. Y a roqueros, poperos, cantautores y periodistas. Nadie se resistía a esa clase de glamur. Era el joven director hípster del momento. Pero desde hacía meses que ni siquiera le tomaba las llamadas a su casero para rogarle que lo aguantara un poco más.

Según sus cálculos el juicio por desalojo llevaría unos ocho meses como mínimo. Margen suficiente para esperar los resultados del DiscArtes, un programa del gobierno de estímulos fiscales para la publicación de discos. Emanuel estaba convencido de que ese año Discos Indies Unidos recibiría el apoyo. El incentivo consistía en dos millones y medio de pesos. Con esa cantidad podría saldar las rentas caídas. Y si no llegaba a un acuerdo para quedarse, podría trasladar el domicilio fiscal del sello a uno más nais, a la colonia Condesa, por ejemplo.

Guardó la cartera, el reloj y el aviso de desahucio en el cajón. El impulso suicida le había cruzado por la mente no porque se le hubieran acabado las ganas de vivir, sino porque sin Discos Indies Unidos qué sentido tenía continuar en el mundo. Los directores cometen equivocaciones. Y Emanuel sabía que había cometido muchas. Cuando los focos rojos comenzaron a encenderse, por ejemplo, tuvo que reducir su plantilla de personal. Sin embargo, fue incapaz de correr a ninguno de sus trabajadores. Atentaba contra sus convicciones. Para él Discos Indies Unidos era, antes que un negocio, una familia. Nunca emulaba las políticas leoninas de las trasnacionales.

Los directores siempre deben pagar las cuentas. Emanuel no era la excepción. Esa noche, como todas al salir de la oficina, acudió al Zazá, una pizzería donde después de las siete se congregaba a echar trago lo más progre del medio musical chilango. En una mesa descubrió a Crisálida López, la Joan Baez mexicana, una joven cantautora que había estado a punto de firmar pero que le fue arrebatada de último minuto por un cazatalentos de un gran sello. No perdía la esperanza de que, como les ocurría a muchos músicos, un día Crisálida se hartara de lo comercial y buscara refugio en el reducto independiente. Pese a lo trasnochado de sus finanzas, y aunque nadie se lo solicitó, se pasó de espléndido al pagar la cuenta de toda la mesa. Era lo menos que se esperaba de él.

A las doce de la noche decidió que ya había terqueado lo suficiente, se despidió de los que se quedarían a necear hasta la hora de cierre y abordó un taxi. Cuando llegó a su departamento encontró a su mujer dormida. Esperaría hasta la mañana para contarle que la mala fortuna había tacleado a Discos Indies Unidos. Fue a la cocina y metió al micro la milanesa de res que le habían dejado encima de la mesa. Cenó sentado en la escalera. Cuando terminó depositó el plato en un escalón y subió. Nunca se dormía sin antes echarle un vistazo a su hijo Milito. Observarlo dormir le producía una terrible angustia. Ansiaba tener el superpoder de penetrar en sus sueños y saber qué le producía ilusión. Anhelaba para él un futuro brillante. Que fuera astronauta, jugador de fut de primera división o ya de perdida un cirujano plástico de esos que amasan fortunas operando a los famosos. Aunque era un materialista dialéctico de hueso colorado, se hincó y se puso a orar.

Padre celestial, señor Jesucristo, te lo pido, te lo ruego, te lo imploro, por favor no permitas que mi hijo se convierta en director de un sello independiente. Amén.

La profesión de director de un sello discográfico no dista mucho de la de ser bombero. Después de apagar un incendio tienes que apagar el siguiente.

Emanuel tenía prohibido que le dieran malas noticias cuando lo vieran con resaca. Su lema era *hombre crudo: animal sagrado*. Aquella mañana llegó tembeleque. La noche anterior había limpiado frasco hasta las cuatro de la mañana. Ser un director estrella implicaba también ser una bestia con el trago. Podría ser peor. Los había borrachos y cocainómanos. Pero Emanuel sólo era pedote. Le había disparado coca a todas las jóvenes promesas del rock mexicano, pero jamás se había atrevido a probarla.

Mientras vaciaba dos alkaseltzer en medio vaso de agua entró la contadora. La compañía de luz les había puesto un ultimátum. Si para el lunes a primera hora no pagaban les suspenderían el servicio. Para siempre. Nunca se había retrasado con el pago. La bronca se debía a un diablito que había descubierto el lecturista mientras checaba el medidor. Les cayó una multa por noventa mil pesos. Emanuel trató de defenderse. Argumentó que el diablito había sido colocado antes de que él rentara el inmueble. No le creyeron.

Qué haces cuando ya has recurrido a todos. Cuando ya no cuentas con nadie a quien pedirle un préstamo.

Emanuel le debía al banco. A su madre. A sus amigos. Si no había hipotecado el departamento donde vivía era porque es rentado. Hizo los alkaseltzer a un lado, vació un facho de whisky en un vaso limpio y se pegó un lingotazo. Y luego otro. Y otro. Y uno más. Y después golpeó el escritorio con el vaso tres veces como había visto a su padre cuando se encabronaba. Sabía que la compañía de luz no se tentaría el corazón.

No era la primera vez que se sentía acorralado. Ni la primera vez que se le terminaba el aire a media alberca. Ni la primera vez que le daban ganas de asaltar un restaurante de lujo. Pero esta vez era distinto, se sentía protegido en medio de tanto desabrigo. Estaba seguro de que ganaría el DiscArtes. Por ello decidió dar el paso. Se había prometido a sí mismo que no lo volvería a hacer. Pero estaba a punto de ser premiado con el estímulo. Una recompensa bien merecida, por tantos años de arduo trabajo. Vendería una de las acciones de Discos Indies Unidos. Ya después que tuviera dinero vería cómo recuperarla. No tardaría en colocarla ni cinco minutos. Sabía a quién ofrecérsela. Su proyecto era el sello de moda y todo mundo quería formar parte de él. Cientos de personas habían querido comprarle acciones en el pasado.

Metió en una tote bag un ejemplar de cada una de las últimas novedades de Discos Indies Unidos, en vinil y en cedé, y se lanzó al metro. Mientras recorría las estaciones lamentaba desprenderse de una de las acciones. Sabía que después de vender la primera sigue la segunda. Y luego la tercera. Hasta llegar al punto en que te conviertes en empleado del propio sello que fundaste. Al grado de perder todo poder de decisión. Y la libertad de grabar lo que se te venga en gana. Sólo de imaginarse atado de manos de esa manera la cabeza comenzaba a punzarle.

Primero trataría de empeñarla. Pero conocía de antemano la respuesta. Vendida o nada. Salió del metro y caminó hasta la casa del Paquidermo Robles. El magnate dueño de *EquisxEquis*, la revista gratuita más popular de la ciudad. La publicación pululaba por todos los rincones, librerías, bares, cafeterías. Se rumoraba que su familia había amasado una fortuna ocultando nazis en México tras la caída del Tercer Reich. Siempre había querido participar en el negocio de la música. Pero no había encontrado un socio a la altura de sus exigencias.

Te traje unos regalos, le dijo Emanuel. Lo más reciente que hemos horneado.

La negociación no duró más de cinco minutos. Le cantó el precio y se cerró el trato con un trago de Hibiki.

Con parte del dinero de la acción liquidó la deuda con la compañía de luz y hasta le sobró para invitar a comer a su esposa al Sonora Grill.

Ya le cayó caca al pastel, dijo Emanuel cuando su secretaria le anunció que lo buscaba Paco Huella, su cantautor más taquillero.

Emanuel adoraba a Huella. Pero le debía un dineral en regalías. No podía permitirse perderlo. Era uno de los valores en los que la casa fincaba su prestigio. Él lo había descubierto. De hecho, el exotismo que imperaba en el mundo musical, de tener en la nómina a un cantautor norteño, se debía a Discos Indies Unidos. A que Emanuel se arriesgara por el entonces desconocido joven escritor fronterizo que acababa de mudarse a la Ciudad de México. Cuando lo firmó no esperaba que sucediera gran cosa. Incluso aceptó resignado que perdería lana. Pero Huella la sacó del estadio. Se convirtió en un capo en nanosegundos. Disco del año, gira nacional y hasta un unplugged. Y ahora estaba ahí para exigir su dinero. Que por supuesto Emanuel no tenía.

Lo que menos necesitaba Huella eran más ceros en su cuenta. El motivo real de su visita, sospechaba Emanuel, era saber si el rumor que circulaba de que Discos Indies Unidos estaba en quiebra era cierto. La labor de Emanuel era desmentir los chismarajos propios del gremio. Para que se apiadara y le diera unos meses más para cubrir el adeudo. A Huella le sobraban ofertas. Un par de trasnacionales le habían hecho propuestas nada despreciables. Un ejecutivo había querido camelarlo con una colaboración con Jack Endino. Huella sólo tenía que firmar y listo. Varios agentes se habían peleado por representarlo. Pero Huella los rechazó a todos.

A Emanuel todavía le quedaba algo de efectivo de la venta de la acción. Salió de su despacho con una sonrisota en la cara, abrazó cariñoso a Paco y se lo jaló al Xel-Há, un restaurante de comida yucateca que servía de refugio ocasional para un sector de la intelligentsia de la ciudad, músicos, escritores, pintores, editores. No hay cantautor, desconocido o consagrado, joven o viejo, hombre o mujer, que se resista a una invitación a comer por parte de un director de un sello indie. Y agasajar a sus artistas es una labor que todo director debe cumplir. Era un trato diabólico: Huella gorroneaba comida y Emanuel las regalías.

Desde que fundé Discos Indies Unidos nos sepultan cada mes, dijo Emanuel después de tomarse su primer tequila.

¿Entonces es puro choro?

Mi querido Paco, como músico de la casa, si algo pasa, te aseguro que serás de los primeros en enterarte.

Es que como dicen que vendiste. Sólo quería saber con quién me toca lidiar.

Es mentira. Pinche gente intrigosa. Cuando un proyecto es exitoso siempre te van a querer echar tierra. Ni estoy en quiebra ni voy a ser absorbido por ningún sello grande.

De entrada me sonó raro, porque tú siempre has dicho que si desaparece Discos Indies Unidos te matas. Por eso quería preguntarte.

Y no es broma, me mato.

Y también está el asunto de mis regalías.

Lo sé. Y te pido un poco más de paciencia. En unos meses salen los resultados del DiscArtes y nos va a caer un varotote. Me voy a poner al corriente contigo y hasta te voy a cubrir el adelanto de tus próximos tres discos.

¿Pero estás seguro de que vas a salir en la lista de suertudotes?

Los dioses del karma serán buenos con nosotros, ya lo verás. Tú no te preocupes por eso. Mejor dime ¿como con qué productor te gustaría trabajar en tu próximo proyecto? ¿Steve Albini?

La mala racha es como el humo en las carnes asadas, cuando elige seguirte no importa que te cambies de lugar, siempre está detrás de ti.

Mandan decir de la prensa que ya no nos van a fiar, que si no pagamos lo que debemos no van a prensar el vinil del Muertho de Tijuana, le dijo la secre.

Hijos de la chingada, bufó Emanuel y aplastó su cigarro contra el cenicero.

El asunto era demasiado delicado para mediarse a través de una ramplona llamada telefónica. Se puso el saco y salió disparado hacia el metrobús más cercano. Cuando llegó a Insurgentes comenzó a llover con furia. Y como siempre que ocurre eso en la ciudad, el tráfico se paralizó. A Emanuel le urgía llegar antes de que metieran otro título en lugar del suyo. Eso significaba perder su turno y quién sabe cuándo lo volverían a programar. Podría tardar meses.

No estoy arruinado, chilló Emanuel.

Todo mundo dice que estás en la calle, repuso Casimiro Betrán, el dueño de la prensa.

Quién es todo el mundo. A ver, dime.

Todo el mundo.

Dime quién. Un nombre. Vamos.

No te puedo decir. Me voy a quemar por chismoso.

Es falso. Casimiro, nadie sabe lo que pasa al interior de Discos Indies Unidos excepto yo. Así que léeme los labios: todavía no nos vamos al carajo.

Entonces por qué no te pones a mano con lo atrasado.

Por favor, Casimiro, ¿tengo que explicártelo? ¿A ti? Ya sabes cómo son los cortes de ventas. No veré un quinto de ahí hasta terminado el cuatrimestre.

Pues hasta que no apoquines algo las máquinas están paradas para ti.

No puedes joderme de esa manera. Mira, si estuviera quebrado crees que el Paquidermo Robles se asociaría conmigo. La semana pasada compró una acción de Discos Indies.

Me estás cuenteando. ¿El Paquidermo Robles? ¿En serio?

Llámale para que le preguntes.

No pues siendo así, ta bueno pues. Te voy a respetar la tirada. Pero es la última, cabrón. Ya tienes que mocharte.

Gracias, Casimiro. Te prometo que te voy a pagar hasta el último centavo. Además, ¿te conté que me voy a ganar el DiscArtes? Eso resolverá todos mis problemas.

La rutina de Emanuel comenzaba a las seis de la mañana. Al despertar lo primero que hacía era checar su correo electrónico. Enseguida ponía la cafetera y se metía a bañar. Desayunaba de manera frugal. Media rebanada de pan tostado integral con miel y un té de jengibre con cúrcuma y pimienta cayena. A las siete cuarenta y cinco salía de su casa para llevar a su hijo andando a la escuela. Luego abordaba el pesero que lo dejaba en la esquina de su oficina. Pero ese día su rutina se rompió porque a las siete cuarenta sonó el teléfono. Atendió su esposa.

Es para ti, le dijo.

Ayer no cayó el depósito de LoFi, dijo la contadora.

Y por qué me entero hasta ahora, carajo, gruñó Emanuel.

Porque ayer que me fui de la oficina chequé el estado de cuenta y no estaba, pero pensé que lo harían en el transcurso de la noche y acabo de revisar y no está.

Después de dejar a su hijo en la escuela, Emanuel se subió a la ecobici y pedaleó hacia las oficinas de la cadena de tiendas de discos LoFi. Le tocaba el pago de varias facturas atrasadas. Casi medio millón de pesos. Contaba con ese dinero. Confiaba en que era un error. Que se aclararía en unos momentos. Un dígito que les faltó a la hora de transferir el monto. O que alguien de contaduría había olvidado una firma. Era frecuente que a fin de mes todo mundo se hiciera pelotas.

El gerente tardó más de una hora en recibirlo. Cuando por fin lo atendió a Emanuel le dolían las nalgas y le sudaban las manos.

Sí te vamos a pagar, le dijo el gerente. Pero hasta septiembre.

Pero ya habíamos acordado en que era este mes, objetó Emanuel.

Lo sé. Y lo siento. De verdad. Pero no puedo hacer nada.

Qué buena atornillada me acaban de dar.

Mira, te prometo que te vamos a compensar. En septiembre no sólo te saldaremos esto, sino que te vamos a hacer un pedido choncho que te pagaremos en el acto.

Emanuel salió de las oficinas de LoFi desmoralizado hasta el tuétano. Apenas llegó a su oficina mandó llamar a su secre.

Sácame de boleto una cita con el quiropráctico, le dijo. Para dentro de dos horas. Lo recibiré aquí. Lánzate a la vinata que se me acabó el Macallan y pídeme al japonés ese carísimo. Ah, y comunícame con doña Susana.

Si algo odiaba Emanuel era pedirle dinero prestado a su madre. Creía que ese tiempo había quedado atrás. Cuando organizaba conciertos que sólo le reportaban pérdidas. Desde el arranque de Discos Indies Unidos ésta sería la primera vez que le daría un sablazo. Prometió pagarle en cuanto le cayera la beca de DiscArtes.

Con el préstamo Emanuel conseguiría cubrir la nómina completa. Nunca había cometido la bajeza, como es práctica común en otras disqueras, incluidas algunas trasnacionales, de no pagar el salario de sus empleados, o de darles sólo la mitad. Y ésta no sería la primera vez. Cómo solventaría la siguiente quincena, ni idea. Ya se preocuparía dentro de dos semanas. En calidad de mientras disfrutaría de un masaje descontracturante y mordería sabroso vidrio para olvidarse de tanta bronca.

Fue el último en salir de la oficina. Apagó las luces y se encaminó al Zazá. Al llegar a la esquina recordó que ese día era la presentación del nuevo álbum de la cantante Azul Cipriano. Cuando llegó al foro Bakakaï se encontró a la Piedra Jiménez, el crítico de rock del suplemento *Transformer*, famoso por sus implacables juicios. Junto a él estaba un tipo bajito con aires de burócrata cultural.

Ustedes no se conocen, ¿verdad?, preguntó la Piedra.

No, respondió Emanuel.

Yo sí sé quién eres, le dijo el chaparrito.

Éste es mi compa Rulas, dijo la Piedra. Trabaja en la Secretaría de Cultura. Y se estaba sacando el chisme de los ganadores del DiscArtes.

¿Ya están los resultados?, preguntó Emanuel con un dejo de desinterés.

Ya, respondió la Piedra. ¿Concursaste?

No, este año se me fueron las cabras, aclaró Emanuel escudándose.

Pues qué bueno, maestro, dijo la Piedra, porque tu disquera no está en la lista de los que se van a llevar una rebanada del pastel.

No, no está, terció el burócrata.

Orita vengo, dijo Emanuel, voy por un trago. ¿Alguien quiere?

Yo mero, maestro, se apuntó la Piedra. Un etiqueta roja.

En lugar de encaminarse a la barra salió a la calle. Si le hubieran diagnosticado cáncer la noticia no le habría podido tanto. Sacó su caja de cigarros y se metió uno a la boca. Temblaba a tal grado que no lo pudo encender. Subió a un taxi y se largó a su departamento. Su mujer y su hijo no estaban, se habían ido de fin de semana con la familia de ella a Tepoztlán. Se sirvió un whisky cuádruple sin hielos y se lo bebió de un jilo. Se sirvió otro y lo puso sobre la mesita de centro. Luego se acostó en el piso de su despacho. No había rumiado techo ni dos minutos cuando sus lágrimas comenzaron a brotar en dirección al piso.

Se dejó dominar por completo por el abatimiento. Fumó y bebió toda la noche. Dándole vueltas al asunto. Al amanecer llegó a la conclusión de que sólo existía una manera de salir de aquello. Si quería salvar a Discos Indies Unidos tenía que firmar un pacto con la muerte como su padre.

Desconocía si Mano de Hierro seguía vivo. O si todavía habitaba la misma casa. Por fuera lucía impecable. El césped al tiro. La pintura sin descarapelar. Una antena parabólica en el techo. Y sin embargo producía la sensación de que estaba abandonada. Emanuel tocó pero no salió nadie. Deslizó por debajo de la puerta un papelito con sus datos. Dos días después recibió la llamada.

¿Padrino?

Qué quieres, le espetó Mano de Hierro con la neutralidad de un cajero de banco.

Que me suicides, respondió. Como hiciste con papá.

Te veo a las nueve de la noche en La Vinería.

Supo entonces por qué su padre confiaba en Mano de Hierro más que en sí mismo. Su padrino no le echó en cara el silencio ejemplar de casi diez años. La moneda de la ausencia con la que le pagó al solapar la vocación al vacío de su padre. Tampoco trató de disuadirlo. Ni pidió explicación alguna. Se limitaría a cumplir con lo que se le pedía. Sin disquisiciones morales. El suicidio es una enfermedad terminal. Y como su padre, Emanuel necesitaba un eutanasiólogo.

Cuando Emanuel llegó a La Vinería, Mano de Hierro ya lo esperaba en la mesa que durante años había sido la preferida de su padre.

Sólo voy a decirte una cosa, nunca dejo un trabajo sin hacer, le dijo.

Emanuel quiso abrazarlo pero se contuvo.

Poner tu vida en manos de un hombre es una de las peores tragedias que pueden sucederte, pero poner tu muerte es la experiencia más liberadora que existe. Y desde ese momento, como su padre, Emanuel comenzó a confiar más en Mano de Hierro que en sí mismo.

El procedimiento se repitió. Como hacía casi una década, Mano de Hierro se encargó de los seguros de vida y de contratar a un pistolero que le administrara la sobredosis de plomo que Emanuel requería. Entre ambos redactaron la carta que guardaría en la *caja negra* del avión. Sería entregada a la esposa de Emanuel después de que fueran cobradas las pólizas. Contenía también las instrucciones para que su esposa se colocara al frente de Discos Indies Unidos. Aunque ella no tenía experiencia en el mundo musical confiaba en que con la ayuda de su equipo volvería próspero el patrimonio de su hijo.

Una vez que quedó todo cronometrado, Emanuel se desentendió del asunto. No quería fantasear con su desplome. Como su padre, también eligió no saber el lugar, la fecha o la hora. El modus operandi sería el mismo. Asalto a mano armada. Entregaría su vida pero a cambio le esquilmaría siete millones de pesos a las aseguradoras. Ya descontando los honorarios de su padrino.

Ojalá mi chavito nunca necesite de los servicios de Mano de Hierro, pensó. Sería mucha chingadera que después de matar al padre y al hijo tuviera que hacer lo mismo con el nieto.

A partir de entonces Emanuel adoptó la filosofía de un vagabundo. Todavía cumplía con sus obligaciones. Se paraba a las seis y llevaba a su hijo a la escuela. Pero había dejado de preocuparse por las cuentas. Se bebía una botella de whisky al día.

El alcohol me ayuda a meditar, se excusaba cada vez que su mujer le decía que controlara su manera de beber.

Por meditar se refería a no pensar en el pacto con Mano de Hierro. Como cuando atropellas a alguien en medio de la noche y huyes de la escena. En adelante tu vida consistirá en bloquear tu mente. Para Emanuel fue sencillo. Tenía toda la experiencia del mundo. Al morir su padre neutralizó su recuerdo a puro golpe de whisky doble. Cada botella era una paletada más de tierra. Como su padre, también dejó indicaciones para su entierro. No quería que lo cremaran. Con la cantidad de alcohol en su sangre ardería más rápido que lo que tardan en quemarse las obras completas de J. J. Benítez.

Un domingo por la noche, mientras se bajaba media botella de bushmills, recordó que había una bala con su nombre. Pero seguía sin aparecer. Y no es que no se hubiera presentado la oportunidad. Durante ese tiempo caminó borracho de madrugada por Reforma incontables ocasiones. Habían pasado cuatro meses. No quiso sacar conclusiones apresuradas, pero no pudo evitar pensar en la posibilidad de que Mano de Hierro lo hubiera estafado. Dudaba que se hubiera arrepentido de abatir a su propio ahijado. Más bien olía a que su padrino no lo había tomado en serio como a su padre. Apagó la lámpara y se durmió pensando en que la familia siempre es la primera en chingarte y que mejor le convendría buscarse otro socio.

Al día siguiente despertó a las seis, leyó uno de sus cuentos favoritos, "El ruletista" de Cărtărescu, desayunó y llevó a su hijo a la escuela. Pasó por la licorería y se compró una botella de Jack Daniel's. Llegó a la disquera y se encerró en su oficina. Procedía a inaugurar el día con un trago cuando tocaron a su puerta.

Sírveme uno, le pidió la contadora. Triple.

Eran las nueve de la mañana. Por el tipo de petición debía tratarse de una desgracia interplanetaria, pues la contadora era abstemia. Emanuel obedeció.

Hoy salieron los resultados del DiscArtes, dijo y se bebió el whiskey de hidalgo.

Entendió entonces el rostro pálido de la contadora. El temblor en las manos. El gesto compungido de aquel que está a punto de estallar en llanto. La mordía la misma desesperación que lo había atacado a él al enterarse en la presentación del disco de que no serían bendecidos con el apoyo.

Nos lo sacamos, gritó la contadora. A güevo. ¿Sabes lo que esto significa?, preguntó y le acercó el periódico. Ya chingamos.

En la lista de ganadores el nombre de Discos Indies Unidos refulgía como un neón en medio de la noche más oscura de todos los tiempos. Emanuel aún no tocaba su trago. Abrió la botella, llenó su vaso de whisky hasta el tope y se lo tendió a la contadora. En ese momento decidió que no bebería más. Sólo había una manera de celebrar el triunfo, cortándose esa peda interminable en la que se había encabalgado desde el suicidio de su padre. Necesitaba estar limpio para recibir el futuro.

Pero tampoco podía quedarse pertrechado todo el día en la oficina. Lo invadió un deseo impostergable de reconciliarse con la vida. Y con el descanso. Dormir todo lo que no había podido en años por culpa de las preocupaciones. Salió de la oficina y mientras se dirigía a su departamento desarrolló un plan mental de todo lo que haría con el dinero del DiscArtes. Ahora sí podría fichar a todos los músicos con los que siempre fantaseaba. Y pagar los impuestos sin que le doliera el alma.

Qué pendejo fui al creerle al pinche burócrata aquel, pensó cuando llegó a su depto.

Su esposa no estaba. Se le antojó una pizza del Zazá. Pero sabía que le lloverían los gorrones. Con el pretexto del DiscArtes no faltaría quien se empecinara en que se bebiera un trago. Que se convertiría en una cuenta interminable que se vería obligado a pagar. Optó por chingarse unos tacos afuera del metro Chilpancingo. El puesto estaba solón. Sólo había una persona. Una chava dark con el pelo color azul. Pidió cuatro campechanos con todo.

Mientras destapaba un refresco, la dark pegó un grito. Emanuel volteó hacia atrás y vio a un hombre con un pasamontañas que le apuntaba a la cara con un revólver. Del arma salieron dos tiros, pero el tipo falló. Emanuel se echó a correr. Y el asesino comenzó a perseguirlo sin dejar de disparar. Emanuel se metió al metro y quiso brincar el torniquete pero no lo consiguió. Cayó de puro hocico. El pistolero le dio alcance y volvió a encañonarlo. Resuelto a no volver a fallar. Jaló el gatillo pero se había quedado sin balas. De la bolsa de su pantalón sacó otras y mientras rellenaba el tambor de la pistola Emanuel aprovechó para intentar disuadirlo.

El trato se cancela, le dijo. Eh, escucha. El trato se cancela. No tienes que terminar el trabajo. Ya no quiero morir.

Su asesino lo ignoró. Terminó de cargar el tambor y amartilló el arma en su cara.

Te doy doscientos mil pesos, le espetó. No sé cuánto te pagaron. Puedes quedártelo. Yo te daré doscientos mil más pero no me mates.

Te espero en la cantina Tío Pepe, le dijo y bajó el arma. Tienes una hora. Si no apareces, te buscaré y te daré piso. Sé dónde encontrarte. Sé que tienes una disquera. Una esposa. Un hijo.

Emanuel salió del metro, se subió a un taxi y pidió que lo llevaran a casa del Paquidermo Robles.

Entre un adicto a las apuestas y tú no encuentro diferencia alguna, le dijo el empresario y le dio los doscientos mil pesos en efectivo. Bajo el compromiso de que se pagaran con un interés de doce por ciento con el depósito del DiscArtes. Antes de que se cumpliera el plazo de una hora Emanuel se presentó en la cantina. El asesino del pasamontañas lo esperaba en la puerta. Le encajó la pistola en las costillas. Emanuel le entregó el sobre que le permitiría permanecer con vida y se alejó caminando.

Esa misma noche fue a buscar a Mano de Hierro. Emanuel le deslizó varios recados por debajo de la puerta. Repitió la operación dos veces a la semana durante un mes pero su padrino nunca se reportó. Como la llamada no llegó, pasados dos meses, se olvidó del asunto. Se concentró en su sobriedad y en la buena salud de Discos Indies Unidos.

Para celebrar el décimo aniversario del sello, Emanuel convocó a todo el equipo a una reunión en su depto. Ese día despertó de estupendo humor. La hora de la cita era a las cinco de la tarde. A las cuatro su mujer salió con su hijo por un par de botellas de vino para los invitados. Emanuel puso un disco de los Manic Street Preachers mientras preparaba una tabla de quesos.

"Suicide is painless / It brings on many changes / And I can take or leave it / If I please", escupieron las bocinas de su viejo equipo bose.

Escuchó que la puerta del depa se abría. Se asomó y vio a Mano de Hierro.

Padrino, le dijo. Qué gusto que estés aquí.

Te advertí que nunca dejaba un trabajo inconcluso, le dijo y le disparó en la sien.

Seis meses después la esposa de Emanuel recibió una caja con una carta, el reloj y la cartera de su marido.

# Sci fi ranchera

Méndigos fulanos, nos robaron otra vaca, maldijo Gumaro y azotó la puerta de la cocina.

Cuál fue, preguntó Ara, su mujer.

La Lupe.

Ay, no, mi Lupita no, chilló. Malnacidos. Haz algo, Gumaro, por humanidad.

Desde hacía dos meses una banda de atracadores de ganado conocidos como los Aguachiles asaltaban los corrales del pueblo a su parecer. Ninguno de los ranchos se había salvado del pillaje. Pero Gumaro consideraba que ya lo habían agarrado de su puerquito. Primero una res, después un becerro y ahora una vaca lechera.

Haz algo, le reclamó su mujer. Antes de que estos desgraciados nos mermen todo el patrimonio.

Voy a levantar la denuncia, dijo y se caló el sombrero.

No, lo atajó Ara. Eso es pura pérdida de tiempo. Pa mí que esos mentados Aguachiles son los policías que despidieron por custodiar aquel cargamento de droga que detuvieron los federales. Haz algo de verdad.

Como qué.

Contrata unos hombres para que vigilen.

Pero si esa tarea ya se la encomendamos a mi pa.

Ay, Gumaro, qué vicio el tuyo por hacerte el desentendido. Mi suegro ya no está en edad de cumplir esa labor.

Don Ruperto se había empecinado en montar guardia de noche para evitar otro hurto, sin embargo, le habían vuelto a timar otro animal en sus narices. Sufría de un insomnio terco. Por lo que se había ofrecido de vigía. Sentía que era el indicado. Aunque su nuera lo acusara de dormilón, don Ruperto aseguraba que no había acometido el ejercicio del párpado caído en toda la madrugada. Juraba por el espíritu de su difunta mujer que no había visto a nadie merodeando la propiedad. Eso le había jurado a Gumaro cuando contó las cabezas de ganado vacuno a la hora de la ordeña y había descubierto un faltante.

Don Ruperto entró a la cocina con el sombrero apretujado entre sus manos.

Le decía a Gumaro, dijo Ara, que es harta responsabilidad la que deposita en usted, pa. Además de que es arriesgarlo deoquis. Qué va pasar el día que se tope de frente con los bandidos esos.

No te preocupes, Aracita, estoy lleno de años, de acuerdo, pero todavía puedo manejar la escopeta. Si los ladinos esos aparecen les voy a provocar semejantes boquetones.

Pa, intervino Gumaro, ¿seguro no vio nada? ¿No escuchó nada? Tuvieron que llevarse a la Lupe en una troca o en un remolque para caballos.

Ni estoy medio ciego para no ver a una vaca que me pase por enfrente ni tan sordo para no oír un motor. La noche estuvo más aburrida que las partidas de dominó en las que no se apuesta ni un saco de gorgojo. Lo único que vi fueron las luces.

Qué luces, inquirió Ara.

No me dijiste nada de ningunas luces, secundó Gumaro.

Anochi, cuando me apuraba mi sexto cigarro, vi unas luces de colores a la altura del cerro gordo. De esas que se miran cuando viene la feria al pueblo. Se empañaban de tan brillantes. Caminé varios metros para distinguir mejor pero no distinguí contorno.

Ya salió el peine, pensó Gumaro, pero no dijo nada para no evidenciar a su padre. Los Aguachiles lo distrajeron con las luces mientras desalojaban a la Lupe a hurtadillas.

Ah, qué mi suegro tan elaborado, pensó Ara, pero tampoco dijo nada para no faltarle el respeto a don Ruperto. Estaba segura de que se había tupido una siestotota y esas luces las había soñado. Y nada era capaz de convencerla de lo contrario.

A las cuatro de la tarde una troca negra se estacionó afuera de la finca de Gumaro. Era su compadre Chon.

Vengo a comunicarte que mataron a don Tiburcio, le soltó antes de que siquiera lo invitara a pasar.

Cómo jijos, se extrañó Gumaro, si me lo topé en la cantina hará menos de veinticuatro horas.

Se enfrentó con los Aguachiles. Ayer por la madrugada los atrapó a media faena y se desató la balacera.

Hijos de su mal dormir, se lamentó Gumaro con amargura.

Velarán el cuerpo en su misma casa. Echo cuentas de que a eso de las siete de la tarde ya podremos ir a cafetearlo.

¿Y la policía ya anda tras los asesinos?

Sí, pero ya sabes. Se hacen del ojo prieto. Pa mí que están coludidos con los mugres de los Aguachiles. Les han de dar una tajada del botín para que no muevan ni una nalga.

A mí también me dieron baje anoche con un animal.

Estuvo agitada la jornada, pues. También a mí me quitaron dos vacas lecheras. Pero una no se la llevaron.

Cómo ansina.

Sí, ai ta el pobre animal agostado con dos tiros en el cuello.

Qué habrá pasado.

A lo mejor se resistió a andar y por puritita maldad. Onque está raro. No reconozco el calibre de los agujeros. Y la vaquita se ve marchita. Y mira que era de las más lozanas.

Ah, fregao, me gustaría ver eso.

Vamos nomás pal rancho pues, antes de que los muchachos la entierren.

¿Enterrarla?

Sí, ese animal ya no sirve ni como pedacería. Deja que la veas.

Gumaro puso la taza de café sobre la tierra y se trepó a la troca de su compadre. Agarraron carretera rumbo a Jalpa y varios kilómetros más acá de los pajonales torcieron a la izquierda por un camino de terracería. Gumaro viajaba en silencio, ensimismado en lo que acontecería si su padre se liaba a tiros con los Aguachiles. Su compadre como que le descifró el pensamiento.

¿Y si los apañas burlándote otro animal? ¿Actuarás?

No lo sé, respondió Gumaro con sinceridad, así al vuelo es dificultoso calcular. Tendría que estar en la mera situación pa evaluar.

Pues yo lo he dado hartas maromas al asunto y no, compadre. Pa qué, es más que la verdá. Yo no me batiré por un animal. Por mí que se empachen. El día que los atrape con las manos en las ubres, con todo el embotamiento de mi corazón, voy a resignarme de a tiro. Si me matan quién sostiene a mi familia.

Yo no la tengo tan pelada. La Ara no deja de instigarme con que emplee unos gatilleros. Y mi pa va a defender lo nuestro hasta la tumba.

Ese pensamiento testarudo es lo que jugó en contra de don Tiburcio.

A mí lo que más me asocia desconcierto es que Ara no haya escuchado nada. Tiene el sueño tan ligero que con cualquier pedo la despierto.

Yo tampoco oí nadita.

Pa mí que los Aguachiles tienen una técnica. Un maniobrar que desconocemos. Porque usurpar tanto animal así no es gratuito. Cómo los amacizaría don Tiburcio. Lástima que ya no podamos preguntarle.

Pues yo ayer salí a mear y a fumarme un cigarro como a las cuatro de la madrugada y todo estaba apaciguado. Lo único que divisé fueron las luces.

Qué luces.

Unas luces que se miraban retiradas, allá por el cerro gordo. Pero no presté importancia. A lo mejor se confundían con una hoguera. Podían tratarse de unos peyoteros. Como tu difunto primo Molacho, que nunca le gustó trabajar y se la pasaba todo el tiempo bien loco.

Mi pa también las avistó.

Duraron un chico rato nomás, al amanecer ya no se precisaban.

Llegaron al rancho de Chon y un peón corrió a recibirlos.

Patrón, estamos esperando la orden pa destazarla, le dijo.

La vamos a sepultar, como si fuera cristiano, dijo Chon en tono de vacile. Pero antes, aquí mi compadre le va a dar los santos óleos.

El cuerpo de la vaca lucía drenado. Como si le hubieran trasvasado la sangre con una manguera, como cuando le ordeñan gasolina a un carro. Pero nadie se había arrimado al animal. Lo habían cubierto con unos sacos vacíos de frijol desde la mañana. A pesar de ser puro cuero casi, se le apreciaban límpidos dos orificios en el cuello. En cuanto los tuvo a centímetros, Gumaro supo que no eran hoyos de bala.

Esto es obra de una alimaña, dictaminó.

Ah dio, dijo el compadre.

No sé de qué tipo, pero esto lo causó un depredador.

Pues por aquí las únicas alimañas que existen son los Aguachiles, respondió.

Mi compadre y mi pa son un par de iluminados, dijo Gumaro.

Ora qué rompieron, preguntó su mujer, urdida.

Son los únicos que han visto las luces.

No son los únicos, dijo. Matilda, la concubina del sacristán, también las vio. Pero el padre le prohibió andar de chismosa. No quiere que se alboroten los feligreses. Dice que con los salteadores de ganado ya son suficientes turbaciones.

Y tú que asegurabas que eran figuraciones de mi pa.

Ya sabes cómo son las gentes mayores, Gumaro, dadas a matar el tiempo con invenciones.

Qué más le sonsacaste a la mentada Matilda esa.

Asegún ella que las luces se deben a unas detonaciones a las faldas de una ladera.

Pos sabe qué explosivo dedicarán, porque si fuera dinamita nos convidaría el estruendo.

Sepa la bola, y tampoco creo que la Matilda sea muy sabedora de estallidos.

¿Dio un norte de los responsables? ¿El nombre de alguna compañía? Y qué pretenden.

Lo que persiguen es extraer mármol. Y los perpetradores no son otros que los mismos Aguachiles. Onque yo nunca he sabido de la existencia de mármol en el valle, la mera verdad.

Y de dónde adquirió Matilda toda esa información.

Refirió el pecado mas no el pecador. Cuchicheos que cachó al maltrapear la parroquia.

Gumaro sintió el apremio de montarse a su caballo y repegarse a la ladera para descorroborar las menudencias de Matilda, pero ya era medianoche y no quería despegarse ni una vara del rancho, no fuera que los Aguachiles consintieran en apersonarse. Pepenó una almohada, su bolsa de dormir y besó a su mujer en la frente. Consideró contarle sobre las dos aberturas en el cuello de la vaca de su compadre pero se arrepintió, como recomendaba conveniente el cura, pa qué inducir más preocupancias.

Diantre tú, no aleccionas, Gumaro, lo amonestó Ara antes de salir. Te digo que acuerdes pistoleros, pero te quiebra la terquedad.

Tendido a la puerta del corral lo esperaba don Ruperto. Gumaro se formó aposento con su bolsa de dormir y se tumbó junto a su padre. Quien se había provisto para la entretención. Cuatro pacas de pastura dispuestas como trinchera, dos carabinas, dos revólveres, un buen estipendio de municiones para su consuelo y para su aburrimiento un litro de aguardiente. Para Gumaro, tras el homicidio de don Tiburcio, los Aguachiles no volverían a las andadas hasta que se enfriara el muerto. Pero para don Ruperto se anunciaba lo contrario, aprovecharían que el pueblo andaba en el velorio para atacar los corrales.

¿No le gestan remordimientos, pa?, preguntó Gumaro. Por no concurrir a despedirse de don Tibu.

Tengo la muerte por delante para invertirla en convivencia con los fallecidos. Mientras de aquí no me desafecto. Móndrigos Aguachiles, querrán desvalijarnos esta noche. Pero no les vamos a consentir el agrado.

Los vaticinios de don Ruperto no fueron errados. A las dos de la madrugada cuatro sujetos allanaron el rancho. Saltaron la cerca sobrados de confianza. Uno hasta se dispuso a orinar junto a un abrevadero. Acción que convino para que don Ruperto lo determinara con la mirilla del rifle. Con el cigarro encendido en la boca, amartilló el arma. Gumaro dormía el sueño noqueador del aguardiente, pero en cuanto oyó el mecanismo del rifle protestó.

Qué jijos, pa, dé permiso de dormir, pronunció malhumorado.

Ta no acababa de remilgar cuando don Ruperto jaló del gatillo. Se oyó un quejido de esos que sólo obsequia el dolor. Había herido al meón. Los ladrones respondieron el agravio sin miramientos. Abrieron fuego con carnicería, pero la desventaja estratégica les impedía brindar pelea, la posición pecho tierra de don Ruperto y Gumaro los desorientaba. No atinaban de dónde derivaban los balazos. Tanta cortesía no habían recibido en ninguno de sus atracos.

Se vislumbraban las sombras en ambición por reagruparse, los murmullos con instrucciones no cesaban y recargaban sus armas con desespero. Habían emanado tan mala suerte que brincaron la cerca por el lado más pelón del rancho. No había ni un mísero depósito de agua para guarecerse de la pelotera. Sabían que la tenían perdida, pero no resistieron la tentación de practicar el amedrentamiento.

Están muertos, vamos a acabar con ustedes, gritó uno de ellos.

Para bajarles los humos, don Ruperto vació la carga de su .38 sobre el cuerpo que yacía herido en el suelo.

Cállense el hocico, respondió.

Los cuatreros unánimes respondieron el fuego, pero por más bala que derrocharan de ésa no salían vivos. Se repartieron más murmuraciones y tras varios minutos con las cámaras de las armas vacías emprendieron la retirada. Entre dos cargaron al perjudicado mientras otro les cubría las espaldas con un arma corta que extrajo de su bota derecha.

Una vez del otro lado de la cerca, don Ruperto y Gumaro procedieron a acariciarles caza. Subieron a sus caballos, ensillados previamente para cualquier urgencia. Pero antes de que pudieran ubicarlos a tiro de plomazo una camioneta recogió a los salteadores y se perdió entre la llanura por un camino de terracería. El chorreadero de sangre indicaba que el fulano no llegaría con vida a su destino, si no es que ya estaba muerto.

Le patrociné tremendo boquetón, presumió don Ruperto orgulloso.

Gumaro, lejos de argumentar alivio, padeció ojeriza. Sabía que lo peor estaba por acontecer. Pero a la siguiente estaría todavía mejor preparado. Él y don Ruperto volvieron a sus bolsas de dormir y aunque conjeturó que no pegaría el párpado en lo que restaba de la noche, al primer trago de aguardiente se quedó jetón.

A media mañana ya todo el pueblo repetía las minucias del enfrentamiento. Según algunos metiches, Gumaro y don Ruperto habían abatido a diez malhechores ellos solos. Para otros cuentachiles eran veinte a los que habían derrotado. Les endilgaron la talla de héroes. Desde que había comenzado el ultraje de ganado nadie se había atrevido a repeler a los Aguachiles. A don Tiburcio lo habían liquidado en montón. Ni oportunidad le socorrieron de defenderse.

Pero para Gumaro no cabía tanta adulación. Sólo amparaba lo que le incumbía. Lo que había obtenido con años de trabajo. Sabía que su persona se había convertido en blanco de matones. Que el deseo de venganza de los agresores no tardaría en agarrar vuelo. Entonces sí que tomó previsiones. Apalabró a cuatro pistoleros para que resguardaran su rancho las veinticuatro horas. Por la sangre derramada los bandidos ya no esperarían el patrocinio de la noche para embestir.

Le prohibió a don Ruperto distanciarse del rancho siquiera un milímetro. Sin pretextos que valieran. Por más luces en el cielo que distinguiera no podía desprenderse ni un segundo de su cuarto. Su padre aceptó a regañadientes. De lo que sí no pudo convencerlo fue de que no pasara la noche a la puerta del corral. La presencia de los pistoleros le infundía seguridad, así que se lo toleró. Él, por su parte, se fue a dormir con su esposa. Con las botas puestas, por si acaso. Por si tenía que salir juido.

Hasta que por fin hiciste caso, le dijo Ara.

Era la primera noche desde el enfrentamiento con los Aguachiles. Y transcurrió sin novedad. A la mañana siguiente todo figuraba en orden. Excepto por una ausencia. Don Ruperto había desaparecido.

Ninguno de los guardias lo vio salir.

¿Están seguros? ¿No se quedaron dormidos?

Mirc, patrón, le dijo uno de los pistoleros mirándolo a los ojos, si su padre hubiera salido de su cuarto lo habríamos sabido. Semos profesionales.

Gumaro y su compadre emprendieron una búsqueda por los alrededores a caballo. No permitió que Ara se arrancara en la troca y fuera a asomarse a la cantina, donde aseguraba que se hallaría.

Ya sabes cómo es mi suegro, que en los momentos más delicados ejerce con ingravidez.

Gumaro sabía que los Aguachiles acechaban ese movimiento. Si ellos habían secuestrado a don Ruperto se beneficiarían de la búsqueda para saquear a manos llenas. Inculcó a los pistoleros que se quedaran a custodiar el rancho. La orden era disparar a matar. Ni hacía falta que lo declarara, con la paga que recibían los guardias no sería otro su participar.

La pesquisa no fue prolongada. El sol del mediodía taladraba el ánimo de cualquiera. Cuantimás el de Gumaro que atenazaba la corazonada de que su conducirse era inerme. Pero el destello de un objeto a unos metros del cerro gordo lo contradijo. Era el sombrero de don Ruperto. Adelantito apenas apreció los zapatos.

Dígalo, compadre, solicitó Gumaro cuando valuó el rostro compungido de Chon.

Híjole, pues no interprete esto como falto de tiento, y es impreciso de aseverar, pero para mí que don Ruperto ya no está en este mundo.

Por la tarde despidió a los pistoleros. Caviló que tentaba demasiado los límites de la indefensión. Pero le daba lo mismo. A la mañana siguiente continuaría la búsqueda del cuerpo, con la sabiduría de que bien podría gastarse veinte años sin hallarlo.

Su compadre se negó a dejarlo solo. Pese al miedo que ostentaba de que volvieran los Aguachiles se quedaría a pasar la noche con él. Destaparon una botella de aguardiente y del llanto pasaron a la risa al recordar todas las ingeniosidades de don Ruperto, sus meteduras de pata y sus virtudes. Su terquedad tan criticada, que era la herencia más reconocible que le había infundido.

No era dejado, el viejo, dictaminó el compadre cuando rememoraron su hazaña contra los Aguachiles.

Y como si las palabras hubieran invocado el mal augurio, se percibieron ruidos provenientes del corral. Tomaron las armas y salieron lámpara en mano. En medio de las vacas, tentándolas como si de fruta se tratara y quisieran conocer su grado de maduración, se toparon con el enano albino. Su calvicie rotunda abrillantaba aún más la luz de la luna. Le decoraba el rostro apenas una tirita de ceja güera. Llevaba el torso desnudo y los pantalones de don Ruperto.

Entre Gumaro y Chon lo sometieron, no opuso resistencia. No medía mucho más de un metro, quizá diez centímetros. Su piel era pálida, blancuzca, como si acabara de salir de una alberca de pintura color ostión. Fue dócil cuando le ataron las manos con una soga. Luego lo arrastraron de las patas hasta el granero y lo amarraron a una silla.

Dónde está el cadáver, quiso saber Gumaro.

Como no obtuvo respuesta comenzó a darle puñetazos en el rostro. Se detuvo. Y volvió a preguntar.

Dónde está mi padre.

El enano albino estaba zambullido en el silencio. Pero no como una protesta o un mandato o una afrenta. Estaba descalificado para articular oración.

Gumaro continuó golpeándolo.

Dónde está, gritó emputecido. Dónde está. Dónde, enano hijo de la chingada.

Muuuu, muuuuu, la imitación de un mugido de una vaca fue todo el sonido que liberaron los labios del enano albino.

Gumaro interpretó el gesto como una burla, tomó un fuete y comenzó a azotarlo.

Muuuuu, muuuu, repetía.

Lo fustigó con toda su fuerza. Una y otra vez. Con saña. Con descargo de toda la frustración que le manaba por el crimen de don Ruperto. El enano albino no lloraba. Ni siquiera sangraba. Y a su compadre le extrañó.

Gumaro, esto no es un enano.

Pero no se detuvo. Continuó flagelándolo.

Muuuuu, muuuu, insistía el enano albino.

Compadre, compadre, reaccione, impelió Chon y lo sujetó del brazo para detenerlo. Esto no es un enano.

Entonces qué chingados es, le espetó.

No sé, pero no es un hombre.

Cómo chingados no, si andaba manoseando las vacas. Debe ser un señuelo de los Aguachiles.

¿Ya se dio cuenta de que no sangra?

Paciencia, compadre, orita va a supurar, verá.

Yo he visto menonitas, pero nunca uno tan lechoso como éste. ¿No será un retrasado?

No enjuicio ni tantito que lo sea, pinches Aguachiles son capaces de emplear lo que sea. Pero tan tonto no está como para averiguar cuál es la vaca más gorda.

Se está desquitando con un pobre retrasado.

Mire, compadre, este cabrón no es ningún pendejo. Está bajo la prestancia de los Aguachiles. Además, por qué tiene los pantalones de mi pa.

Chon ya no supo qué argumentar.

Dónde está el cuerpo, volvió a inquirir Gumaro.

Y la respuesta fue la misma.

Muuuuu, muuuu.

Volvió a la carga y le coció la cara, el pecho y los brazos a fuetazos. Le dolían ambos brazos. Pero su cuerpo no parecía obedecer al cansancio. Se detuvo sólo porque el enano albino dejó de retorcerse.

Se le pasó la mano, compadre, dijo Chon después de hacer notar que el enano ya no respiraba.

Lo enterraron en medio del corral. Acabalaron el trabajo antes del alba, poquito antes de que la Ara despertara.

¿No vas a dar cuenta del desayuno, viejo?, le preguntó Ara.

No tengo hambre, arguyó Gumaro con la mirada ida.

Del televisor brotó el reportaje de que habían atrapado a la banda de los Aguachiles en la capital del estado. Además del robo de ganado se les imputaban otras fechorías, como el secuestro de caballos, extorsión de lecheros y tráfico de mármol. La noticia no le produjo a Gumaro efecto alguno. Se sentía como sedado. Hueco. Como si fuera el puro cuero, igualito que la vaca que le chuparon a su compadre.

Si retoñó de su adormecimiento fue porque la puerta de la cocina se abrió de repentazo, que si no. Era don Ruperto en calzones y con hambre para dar cuenta de dos kilos de frijoles de la olla con jocoque fresco. Ara, contenta, pegó de gritos. Suegrito, volvió suegrito. Y nosotros que ya lo hacíamos botana para los gusanos. Lo abrazó tanto rato que se le quemaron las tortillas. Pero Gumaro no accedió a reaccionar. No le salían las cuentas. Indujo que estaba alucinando. Y no es que no lo encontentara la apersonificación de don Ruperto, pero las piernas no lo asistieron a levantarse y pegarle un abrazo. La incredulidad lo tenía bien trenzado. Sólo se convenció a sí mismo de que su padre estaba vivo cuando lo vio despacharse dos platos de huevo con chorizo con seis tortillas. No cabía duda de que era el mismo tragaldabas que lo había procreado.

Después de burlar a los guardias, me enfilé derechito a las luces en el cielo más allá del cerro gordo. Tan concentrado estaba en el firmamento que di un mal paso, me caí a una barranca y me desmayé. Un enano albino muy chistoso, que pasaba por ahí, me despertó con sus mugidos. Se comunicaba con puros mu, mu, mu. Pensé que me había confundido con una vaca. Taba demasiado translúcido para ser menonita. Y muy entendido para ser un retrasado, porque no sé cómo pero traía puestos mis pantalones. Lo correteé para que me los devolviera y siguiéndolo encontré el camino de regreso al rancho.

Esa noche don Ruperto había caído como piedra, pero Gumaro no pudo conciliar el sueño. Fue al cuarto de su padre y lo estudió largo rato, como si temiera que hubiera sido suplantado por una criatura. Pero no, se convenció de que si era él, ningún ser de otro plantea roncaría tan recio como don Ruperto. Después caminó hasta el corral y sacó a las vacas. Las arrió para que agarraran monte. Encendió un cigarro y se puso a consultar el cielo, pero no vio luz alguna.

# La fitness montacerdos

M e doy asco, me doy puto asco, gimoteó Kendra. A su lado roncaba un matalote encuerado de ciento veinte kilos con las Dr. Martens puestas. Por favor, Diosito, que no me lo haya cogido, rogó entre dientes. Si me cumples ésta te prometo dejar la proteína adulterada.

La esperanza se le fue al carajo en cuanto los flashbacks de la noche anterior comenzaron a latiguearla. Se vio a sí misma cabalgando al mazacote con la misma técnica que emplean las cowgirls para no caerse del toro mecánico. Pero ella no era ninguna charrita patas de buró, ni tampoco coleccionista de fauna en peligro de extinción, era la imagen pública del Termineitor Gym Club. Y no podía arrastrar a la cama a cuanto fardo se le atravesara. Sin embargo, se había revolcado con toda una cadena de especímenes salidos de un manual de zoología: vaquitas marinas, orcas chiquitas, belugas prietas, focas bebés, cetáceos, manatíes, cachalotes, et al.

La cruda moral comenzó a flagelarla y sintió deseos de chillar, pero se contuvo por temor a despertar al matalote y que éste le propusiera el mañanero. O peor, que la invitara a desayunar menudo. Revisó su celular: cinco llamadas perdidas de Chacho, su novio y dueño del gym. Era viernes y le tocaba impartir la clase de spinning. Se deslizó fuera de la cama con nerviosa destreza y comenzó a vestirse. Estaba en el Huracarrana, un motel temático dedicado a la lucha libre. Al ponerse los calzones la atacó otro flashazo. No había usado condón.

Ay no, qué pendeja, se recriminó. Otra vez de pinche barevaquera.

Al salir de la habitación se topó con la moto chopper. Otra imagen más emergió desde las entrañas de la madrugada para atormentarla. Viajaba en la motocicleta abrazada al matalote mientras le metía la lengua en la oreja perforada por varios piercings.

Quiero que me des una buena desparasitada, machote, le decía al oído con la voz más sexy de la que era capaz después de haberse fumado diez cigarros.

El chaleco de cuero con una calaca bordada le había resultado tan excitante que ahora le provocaba arcadas. Qué nivel de peda debía manejar para prenderse de esa barba toda harapienta, los tatuajes gachos y descoloridos, los pelos largos todos tiesos tiesos, signo inequívoco de una permanente mal hecha, y el cuerpo infestado de vello centímetro a centímetro como la tierra erosionada.

Ay, qué pendeja, me levanté a Chubaca, se lamentó. Ya no soy Kendra. Llámenme la novia de wookiee.

Recordó que había abandonado su coche afuera de un bar de bikers. Había olvidado las veces que se había prometido a sí misma jamás dejar su nave en las calles del centro. Cualquier día de éstos podrían chingarle las llantas y no sabría qué explicación darle a Chacho. Horrorizada por salir a pie del motel a plena luz del día, caminó una calle para animarse a detener un taxi. Le tocó el típico chofer que no se calla el pinche hocico nunca.

Qué lugarazo el Huracarrana, ¿no?, le preguntó.

Hazte pendeja, haz-te, pendeja, se recomendó en silencio.

El taxista vio por el retrovisor y sus miradas se encontraron.

Perdón, ¿me decía?, se excusó.

El motel, ¿a poco no está chingón? Yo seguido vengo con mi jainita y nos quedamos las seis horas a aplicarnos todas las llaves reglamentarias. Nos hacemos nuestro picnic en el ring. Metemos de todo, tamales, unos pomos y hasta un toquecito.

No sé qué es el Huracarrana, respondió ofendida.

El motel del que acaba de salir. Ahí donde la recogí.

Se confunde, yo no conozco ese motel. Vengo de casa de una amiga.

Dispénseme, güerita, se apenó el chofer, es que como yo venía detrás de usted, la vi salir cuando dejé a una parejita en la suite KeMonito. Por eso pensé que venía de echarse unas espaldas planas.

Le dieron ganas de abofetearse por pendeja. Pero se aguantó.

Al rato vas a ver, hija de la verga, se amenazó a sí misma.

El taxi la depositó justo afuera del bar. Ahí estaba su coche. No le faltaba ninguna llanta. Tampoco la batería. Se subió a la nave y mocos, se recetó a sí misma dos cachetadones inmisericordes. Contempló su jeta en el retrovisor y madres, se arreó otros dos.

Por pendeja, por pendeja, repitió y se acomodó dos más.

No podía lanzarse directo al gym. Sería demasiado sospechoso que llegara directo a las regaderas. Arrancó con rumbo a su depa.

En qué quedamos, Kendra, comenzó a hablar consigo misma durante el trayecto. Nada de fofos. Nada de bultos. Nada de nada. Ya no puedes hacerle esto a Chacho. No te lo puedes hacer a ti misma.

En cada semáforo en rojo se propinaba dos cachetadas extras.

A ver si ya aprendes, pendeja, se reprendía.

Había vuelto a recaer. Siempre le ocurría. Cada vez que se emborrachaba acababa en la cama con un gordo. Hacía meses que no le pasaba. Y se sentía a salvo. Pero la noche anterior, apenas probó una gota de alcohol, supo que ya ebria saldría a la noche a cazar carne, mejor dicho, sebo.

El semáforo se puso en rojo en el cruce de Colón y Madero. Contempló con amargura el espectacular que promocionaba el Termineitor Gym Club. Una foto gigante de ella y Chacho invitaban al público a que se inscribiera. Le había costado lo indecible convencer a Chacho para cambiar de estrategia. La tirada de Kendra consistía en modernizar el negocio. En perfilarlo como un gimnasio para parejas. No es que antes la gestión de Chacho no funcionara. Su publicidad consistía en la imagen de Schwarzenegger con lentes oscuros con un globo de diálogo que rezaba: "Hasta la vista la grasa, baby". Kendra había estudiado finanzas y sabía que bajo su injerencia podrían posicionarse como el mejor gym de la ciudad. Para ello se había sometido a un régimen tan arduo sin rechistar, aceptó complacer a Chacho y pasar las siguientes cuatro navidades con la familia de él sin opción a negociar, además de cumplirle todos sus caprichos en la cama, que no eran tantos ni tan perversos.

Qué difícil es vivir, se quejó Kendra y suspiró.

Un nuevo arrebato de llanto la arremetió y se sirvió otras dos cachetadas tamaño jumbo. La luz cambió a verde y siguió madreándose a sí misma. No paró hasta llegar a su destino.

No tomes esto como una derrota, aconsejó la terapeuta.

Pero si ya me había dado de alta, protestó Kendra incapaz de reprimir el llanto.

Dos años atrás había caído en ese mismo consultorio por idénticas razones: su sed de mantecosos. Tirarse un gordinflón no es ningún pecado. Quién no lo ha hecho. El problema para Kendra era su proceder sistemático. Era el ejemplo perfecto de lo que se conoce en el bajo mundo de las relaciones tóxicas como un *patrón*. Una ecuación sencillísima: Kendra + alcohol = gordo. Creía haber superado esa etapa de su vida pero su presencia ahí indicaba que había vuelto a desbarrar. Se sentía envilecida, desprolija, abaratada, víctima de su propio incontrolable comportamiento.

La psicoanalista tenía veintiséis años. En su reencuentro Kendra sintió lo mismo que cuando la tuvo enfrente por primera vez. No podía entender cómo la doc Rocha podía sentirse a gusto con su cuerpo. Era una gordibuena. Kendra no podía soportar tanto potencial desperdiciado. En sus manos, con una rutina matona, la doc Rocha podría ponerse más fitness que Bárbara de Regil. Si algo desconcertaba a Kendra, además de su afición a los sebosos, eran las mujeres con alta autoestima. Si el traje sastre la hacía verse buenona, tras unos mesecitos en el gym luciría radiante, consideraba. La doc Rocha era demasiado guapa como para no explotarse, lamentaba.

Sé que la autodestrucción adopta muchas formas. Para algunos es una botella, para otros una línea de coca, las apuestas, para mí es un pinche rotoplas, se recriminó Kendra.

No seas dura contigo misma, la interrumpió la doc Rocha.

Y cómo no serlo, mire lo que le hago al pobre Chacho. Tengo que cogérmelo con la luz apagada porque soy incapaz de mirarlo a la cara.

Recuerda lo que te dije sobre la culpa. No sirve para nada, atajó la doc Rocha.

Me siento tan humillada, gimoteó Kendra. A veces pienso que la felicidad me asusta.

La doc Rocha le extendió una caja de kleenex, Kendra tomó uno y continuó desahogándose.

Sé muy bien que me autosaboteo. Lo que no entiendo es por qué. Tengo todo lo que siempre quise. La vida resuelta. Un novio guapo y atlético. Soy la imagen de uno de los mejores gyms de la ciudad. Y con qué moneda pago. Con la infidelidad. Y no con güeyes mamados. No, con cuanto cochi se me pone enfrente. Soy un asco. Soy un puto asco.

Cometer errores es parte de la vida, dijo la doc. Todos lo hacemos.

No, no, vociferó Kendra, yo no cometo errores, yo la turbocago. Me limpio y la vuelvo a cagar. Y aquí estoy, dos años después.

Las recaídas forman parte del proceso de recuperación, sentenció la doc.

Yo pensé que estaba curada. Pinches mañas que me cargo. ¿Soy un adicta al sexo con gordos, doctora? ¿Soy una adicta a la manteca?

Yo no me referiría a inclinaciones como una adicción.

Lo peor es que sobria me dan ganas de vomitar. Las panzas cheleras pasan y las tetas fofas pasan, lo que me parece repugnante es la grasa que se les acumula entre el pubis y la panza. Eso sí que no lo soporto. Esa cangurera que se les forma ahí. Esa cámara de llanta de moto que parece que se tragaron sin desinflar. Pero peda se me olvida. ¿Estoy enferma?, dígamelo, dígamelo, preguntó obsesionada.

En ocasiones el deseo es algo complicado de controlar.

Qué quiere decir. ¿Que yo deseo gordos?

Está claro que de manera consciente no, pero inconscientemente quizá. Porque sólo despiertan tus apetitos cuando te encuentras desinhibida por el alcohol.

No, doctora, gritó exaltada. Yo no *deseo* gordos. A mí no me gustan los marranos. Le juro que no sé por qué hago lo que hago. Por eso estoy aquí, para descubrir por qué me traiciono.

Kendra, no hay nada de malo en sentirse atraída por personas con exceso de peso.

Por mi madre que no es mi caso, dijo desesperada. No sé qué me pasa. Pero necesito hacer algo de inmediato. No quiero perder a Chacho. Si se entera es capaz de cortarme esta vez. Y la puta de su ex, Yadira, no deja de acosarlo.

La doc Rocha abrió un paquete nuevo de kleenex y se lo extendió.

Dicen que no existe mejor manera de superar tus miedos que enfrentarte a ellos, continuó Kendra, y quizá la cura para mis males sería que me encerraran en una convención de gordos en bolas. Si consigo salir de ahí sin cabalgarme alguno estaré aliviada. Pero conociéndome lo más probable es que me daría un megaatracón de bukkake.

Sé que esto último me lo dices en broma, pero me parece positivo que te tomes las cosas con humor.

Ay sí, qué divertida soy, debí dedicarme al stand up, dijo con cinismo.

Yo pagaría un boleto para verte, dijo la doc Rocha divertida.

Uy sí, imagínese, sería un éxito con mi arsenal de anécdotas de mis acostones con obesos.

Gordos y mamados.

Un mamado y puros gordos, secundó.

La alusión a un mamado la volvió a poner melancólica.

Mi mayor preocupación es Chacho, dijo.

Chacho no te va a dejar, te quiere, la consoló la doc.

Nadie se acepta como es. Nadie nos aceptamos como somos. No ve cómo están de llenos los gimnasios.

Y los consultorios de los psicólogos. Pero tienes que aprender a confiar en los sentimientos de la gente.

Ay, doctora, la gente es bien ojeta.

No toda. Chacho no, por lo que me has contado.

No lo merezco. Lo que merezco es que me mande a la mierda. Por supuesto no le he contado nada. Si se entera de que volví a puerquear le voy a romper el corazón.

La hora estaba por terminar.

Tienes que dejar de juzgarte, le encomendó la doc.

A grandes males, remedios animales. Tengo un plan. Para librarme de mis bajas pasiones.

¿Ah sí?, pues me contarás la siguiente sesión, dijo la doc.

Kendra abrió su bolso, sacó los mil quinientos pesos de la consulta y se los extendió a la doc.

No, dijo ella, la casa invita, y rechazó el dinero.

La estrategia de Kendra consistía en mantenerse alejada del alcohol. Una tarea nada sencilla. Sin embargo, contaba con un as bajo la manga. Al despertar aquella mañana realizó su rutina habitual. Después de besar a Chacho en el cachete abandonó la cama y tomó una clase de yoga en YouTube con Elena Malova. Meditó quince minutos y concluyó su relajación tocando sus cuencos tibetanos. Se pegó una ducha de agua calientísima. Se vistió con unos leggins de estampado psicodélico y se preparó el desayuno: claras de huevo con espinaca y tomate cherry. Con el último trago de su batido de proteína engulló una cápsula de metronidazol. Subió a su Mazda 3 y salió rumbo al gym.

Era consciente de que el metronidazol era una medida extrema, pero era la única forma de mantenerse a raya. Sabía que combinarlo con alcohol sería una pendejada tan perjudicial como mezclar anabólicos con vodka Oso Negro. Nunca lo había hecho. Ni lo volvería a hacer. Así como existía gente que hubiera deseado nacer con tres estómagos y dos hígados, a Kendra le habría hecho el paro venir al mundo con fuerza de voluntad. El metronidazol era la única solución eficaz. Porque si apelaba a su autocontrol ese mismo fin de semana terminaría a horcajadas sobre el porky más titánico que se topara en cualquier congal buchón.

Entró al gym con una sonrisa del tamaño del estado de Coahuila. Más que un negocio, el Termineitor parecía el patio de una prisión. En todos los aparatos había cinco o seis personas en fila. El sueño de Kendra era gerentear su propio changarro. Y Chacho le había prometido que, si vendían quinientas membresías más, el próximo año abrirían una segunda sucursal. Kendra sería la dueña y podría escoger el nombre que se le antojara, pero lo mejor para la marca sería que llevara el mismo, que ya gozaba de cierta popularidad Aunque renuente, a Kendra no le disgustaba la idea de bautizar al nuevo gym Lady Termineitor.

La sonrisa se le fue a la mierda en cuanto divisó a Yadira, su archienemiga, trepada en la elíptica. Le había implorado a Chacho hasta el agotamiento que le prohibiera la entrada. Prometió a cambio prestarle la retaguardia, sólo lo complacía por la puerta trasera en ocasiones especiales, como navidad o su cumpleaños. Pero recapacitó. Echarla era otorgarle una importancia de la que no gozaba la whiskas esa, además de que luciría como una ardida. Y si había alguien dolida era Yadira. Así era siempre que se la topaba. Después de los primeros minutos de ofuscación, Kendra se decía a sí misma que disfrutara de la envidia que le provocaba a esa arrastrada.

Poco después llegó Chacho y Yadira corrió a recibirlo. Platicaron varios minutos. Se les veía cagados de risa. A Kendra la trepanó el impulso de hacerle un pancho. Pero volvió a contenerse. Sabía lo que le respondería Chacho. Que no podía ser grosero con una clienta. Aunque fuera su ex. Que él sólo tenía ojos para ella, su flaquita. Y para demostrárselo la invitaría al bistró al terminar la clase de crossfit.

Al brunch los acompañó una pareja de amigos que también estaban inscritos en el gym. Apenas ordenaron comenzaron con su pasatiempo favorito: burlarse de los gordos y los malhechos del gym.

Si hay algo que no soporto son las panzas, declaró Kendra categórica.

El mesero depositó cuatro mimosas en la mesa.

Y no hablo del callito de la andadera, prosiguió. Ése es harto sexy, bueno depende en qué cuerpo. Me refiero al tinaco, rotoplas o cómo se les antoje apodarlo. La barriga caguamera. Dura como sandía a punto de estallar. Pero que nomás no revienta.

Por los cochis y los acomplejados que nutren nuestro gimnasio, dijo Chacho y levantó la mimosa.

Los demás brindaron con él pero Kendra fue la única que no le tomó a su copa.

De verdad que no tolero las panzas, aguadas o duras o con forma de kínder sorpresa, insistió Kendra.

Chacho fingió no escucharla. El tema no le hacía gracia.

La gente es hiperignorante, continuó Kendra. No saben siquiera que nada hincha la panza como el glutamato monosódico. Ni el gas del refresco, ni la manteca de los tamalitos, ni la chela. Sí, soy antipanzas, pero también me declaro enemiga mortal del glutamato monosódico.

Chacho le dedicó una mirada de desaprobación. Una que significaba conozco bien tus grasosas aficiones. No sigas o me vas a caer en la punta. Bien que he padecido tus lodazales con cada pinche Kung Fu Panda.

La gente es ignorante.

¿Listo pal parizón, mi amor?, le preguntó Kendra para cambiar de tema.

El fin de semana Chacho cumpliría cuarenta y cuatro años. Se festejaría con un fiestón loco en el gym. Por supuesto que todos los clientes estaban invitados. Era la prueba de fuego para Kendra. Por lo pronto la de hoy ya la había pasado. Tras varias rondas de mimosas las suyas permanecían intactas. Se defendió del bulín aduciendo que eran demasiadas calorías. Ser una iron woman cuesta. Chacho sospechó que algo ocurría, las mimosas eran otra de las debilidades de Kendra y jamás las perdonaba.

Kendra había descubierto los peligros de mezclar el metronidazol con alcohol por accidente. Se lo recetaron por una infección estomacal y al combinarlo con unas ginebras se había sentido de la chingada. Desde entonces lo usaba en casos de emergencia como éste, cuando poner su salud en riesgo era lo de menos con tal de mantener las piernas cerradas.

El sábado el Termineitor se convirtió en un salón de fiestas. Kendra decoró el interior del gym con condones de colores inflados. Para alimentar a la perrada contrataron una taquiza que edificó un trompo de las dimensiones del arbolito de navidad que colocan afuera de la presidencia municipal cada diciembre. Para amenizar contrataron como dj a Rey Trueno.

No existe persona más mamona en el mundo que aquella que usa lentes oscuros en un espacio cerrado. A Chacho se le había ocurrido la ladina idea de convocar a sus invitados disfrazados. Todos, hombres y mujeres, incluidos Chacho y Kendra, habían acudido con chamarra de cuero y lentes de federal de caminos. Sólo Yadira destacaba por su look distinto, a lo Han Solo: chaleco de pluma de ganso, blusa blanca de manga larga, pantalón de mezclilla y botas de gamuza hasta las rodillas. Rematado con una canana y una pistola de agua rellena de tequila Rancho Escondido. Aquello hubiera podido pasar por una pachanga leather de no ser por la presencia femenina.

Como nunca falla en este tipo de desmadres, faltaron cosas indispensables. Kendra tuvo que dar varias vueltas en su ranfla para traer hielos, coca zero, porque a la light le hicieron fuchi, servilletas de rollo, confeti, etc. Al regreso de uno de sus mandaditos, cuando cargaba un veinticuatro de agua quina se le rompió el tacón de la zapatilla derecha. Quiso hacer un berrinche. Era la cuasi dueña, la pareja del festejado, y en lugar de ser atendida le tocaba servir. Pero se controló. Era el cumpleaños de Chacho. Lo importante era que él se la pasara con madre. Dejó las aguas y se lanzó a su depa por otro par de zapatillas.

La bronca no era encontrar uno que combinara con su autfit, el pedo fue que se fastidió rápido de los tacones y decidió regresarse a la pari en patas de gallo. Su risueña fodonguez se vino abajo cuando vio a Chacho bailando con Yadira. El plan era que el cumpleañero se la pasara bien pero que no mamara. Le ardió tanto la cola que abandonó el reventón. Se subió al Mazda y se echó en reversa. Pero justo antes de largarse, reconsideró su berrinche.

Mantente zen, se dijo. Mantente zen, carajo. ¿O fluyes o te fluyo?, cabrona.

Regresó al gym con un chancleteo cuasi budista. Le estaba pesando un chingo la fiestecita. Le estaba costando un putero dominarse. Pero no quería darles el perro gusto de verla ponerse chucky. Hizo sus cálculos mentales y no le salieron las cuentas. No le convenía armar un pancho.

Para ser la patrona hay que comportarse como tal, filosofó.

Adoptó el temple de un gansito congelado y se aplastó aburrida a guachar a los invitados imitar con torpeza la coreografía de "Payaso de rodeo". Después taconearon una de la Onda Vaselina, la que dice: "Que se po, que se po, que se po, que se pongan botas / Que se qui, que se qui, que se qui, que se quiten tenis / Que la ba, que la ba, que la ba, que la bailen todos / Con la ba, con la ba, con la ba, con la banda nueva".

Muy mamados muy mamados pero bien pinches nacos, juzgó Kendra.

Miró las botanas con desprecio. Se enfureció sólo de pensar en la cantidad de sodio que habitaba en las inermes frituras. Consideraba una bajeza que las envolturas de chatarra fueran tan seductoras. La desmoralizaba que resultaran tan irresistibles para la población fit. Gente que se mataba toda la semana en los aparatos para rendirse ante una orgía de calorías a la primera oportunidad. Constató con tristeza cómo nadie, ni por aparentar, había pelado las bandejas que llevó con jícama, zanahoria y pepino picados.

El bombardeo de emociones le provocó ganas de pistear.

Es mentira que no necesitas del alcohol para divertirte, concluyó. Por eso la gente muere de cirrosis. Nadie se mata a botellas de evian.

A pesar de que reventaba por evadirse, se refrendó a sí misma que no flaquearía. No era la primera fiesta que navegaba en su juicio. Las ganas de conservar a Chacho eran superiores a sus deseos de empedarse. Además, el metronidazol la fulminaría. El festejo, que al principio la enterneció por las muestras de cariño hacia su pareja, sobria le pareció insoportable. Su clientela se le reveló como una panda de churpias, musculocas y bofos. Con los peores hábitos posibles. Se sentía cercada por el humo de tabaco. Tenía el cabello impregnado y ni siquiera fumaba. Si algo odiaba más que al sodio era el olor a cigarro.

Cuánto se le antojaba un plato de quinoa. Y estar echada frente al televisor viendo *Extreme Makeover*, el reality show sobre cirugías plásticas. Pero los voladitos de los asistentes no se largarían hasta que se terminara la cheve. Y aunque había varias gargantitas de cuidado, contaban con arsenal suficiente para llegar hasta las cuatro de la madrugada. Justo cuando pensaba que nada la rescataría del tedio, apareció un fulgor. Pero no brillaba porque fuera un hada, resplandecía por los adornos de plata de los trajes: eran mariachis.

Dos trompetas, una guitarra, una vihuela, un guitarrón y tres violines se pusieron en posición de ataque mientras el festejado y los presentes se arracimaban junto al pastel. Los músicos se arrancaron con las mañanitas y Kendra aplaudió como si estuviera en el cine y Superman acabara de salvar el planeta. Le chiflaban los mariachis. Apenas veía un conjunto, en una boda, en una cantina o de gallo con alguna de sus vecinas, corría a abrazar a los músicos. A colgárseles del cuello, a cantar a grito pelado. No se atrevía a confesarlo, pero fantaseaba con tener un novio que se vistiera de charro.

Queremos pastel, pastel, pastel, corearon los mariachis y Kendra se sumó a las voces como si fuera ella, y no Chacho, la cumpleañera.

Le quitó el sombrero al del guitarrón y se lo puso. Se le olvidó por completo el metronidazol y se empinó una botella de centenario plata.

Escuchar mariachi y no beber es como comer mariscos sin tomar cerveza, explicaba siempre. Con qué vas a bajarte un coctel de camarón. ¿Con agua? Es como con las gorditas de chicharrón prensado, tienes que empatarlas con una coquita. Ustedes saben que me repatea el sodio, pero es el único momento en que me permito beber refresco, blofeaba.

Como se había rehusado a comer tacos, sospechaba que eran de carne de caballo, para cuando comenzó a sonar "El mariachi loco" ya rebotaba contra las paredes. Apenas le había dado cinco tragos al pisto, suficientes para que se le cruzaran con el metronidazol. Primero sintió náuseas, pero no le dio importancia. Pensó que era la repugnancia natural que le producía la bola de pseudofits e inventadas. Hipócritas consumidores de azúcares refinadas. Comenzó a sentirse débil. Le costaba sostenerse en pie. Se abrazó a uno de los mariachis.

¿Se encuentra bien, señorita?, le preguntó el músico. Está toda roja.

Trastabilló hacia el baño. Le costaba respirar.

No entres en pánico, pendeja, no te malviajes, se suplicó a sí misma.

Lo que observó en el espejo la espantó. Una mancha roja le cubría la mitad derecha de la cara. Se le extendía por el cuello hasta el nacimiento del hombro. Era un rash cutáneo tan cabrón que podía servir como ejemplo en un libro de medicina.

El metronidazol, gritó compungida. Me voy a morir, temió. Me voy a morir y le voy a dejar el campo libre a la pokemona esa de la Yadira.

El vértigo la aturdió, pero consiguió salir de baño.

Chacho, Chacho, gritó antes de azotar.

Los mariachis callaron y los asistentes se arrimaron a ver el oso tamaño xxxl que estaba patrocinándose Kendra.

Llamen a la Cruz Roja, llamen a la Cruz Roja, pidió Chacho desesperado. Se arrodilló y comenzó a sacudirla con brusquedad, pero Kendra no reaccionaba.

Está bien peda, dijo Yadira socarrona.

Intentaron reanimarla pasándole la botella de tequila por la nariz.

Orita le da un trago, se burló Yadira.

Kendra estaba noqueada.

Si eso no la despertó, es porque sí está jodida, remató Yadira.

Ya cállate, carajo, le espetó Chacho.

Qué es eso que tiene en la cara, preguntó uno que siempre entrenaba con una mariconera sujeta a la cintura. Parece uno de los X-Men.

El sonido de la sirena de la ambulancia inundó el gimnasio y entraron los paramédicos.

Qué tomó, preguntó uno de ellos. ¿Se metió algo? ¿Crico, perico, molly, poppers?

Tequila, derecho, respondió uno de los mariachis.

¿Adulterado?

Sepa, andaba recontenta, fue al baño y al salir se desmayó.

Se le pasaron las cucharadas, dijo el paramédico.

Pa mí que se pasoneó con pastas, contestó Yadira.

¿Y las manchas rojas?

Alergia.

Pero a qué.

Eso lo indicará el médico. Hay que trasladarla.

Pos juímonos.

Treparon a Kendra en la camilla y la metieron en la ambulancia.

Me voy con ella, dijo Chacho y se subió a la unidad.

Quince minutos después llegaron al hospital, ingresaron a Kendra y Chacho se quedó en la sala de espera. De una bolsa de su chamarra de motociclista sacó una cajita diminuta. La abrió. Dentro había un anillo de compromiso. Lo contempló abatido durante varios minutos y volvió a guardárselo. Terminada la fiesta, una vez se hubieran largado todos, pensaba proponerle matrimonio a Kendra al amanecer. Subirían a la azotea y se la cantaría con los primeros rayos de alba.

Tres horas después vio a un doctor aproximarse a él.

¿Chacho Solís?, preguntó.

Sí, respondió.

Hemos logrado estabilizarla. Por fortuna no ingirió demasiado tequila. Sin embargo, se llevó un buen susto. Por eso los pacientes no deben subestimar el peligro de combinar bebidas alcohólicas con metronidazol.

¿Está despierta?

Sí, perdió el conocimiento por la impresión, pero ya volvió en sí. Por fortuna no vomitó.

¿Puedo verla?

Claro que sí.

La sala de urgencias parecía un baño de vapor abandonado. Una serie de cubículos divididos por unas cortinas. La blancura de las paredes era idéntica. Sólo le faltaba el calor. Encontró a Kendra sollozando en el tercero, junto a un malandro que sufría un ataque de pánico. Entre varios enfermeros luchaban para colocarle los electrodos para poder realizarle un electrocardiograma.

Qué vergüenza, Chacho, dijo en cuanto lo vio. Arruiné tu fiesta.

Tranquila, chiquita, le dijo, no pasa nada.

No deberías estar aquí. Deberías estar en tu festejo.

No te preocupes. Lo importante es que estés bien.

Ya estoy mejor. Regrésate con tus invitados.

Cómo crees. No te dejo aquí sola por ningún guateque. Al cabo que la fiesta está en buenas manos. La bola de gorrones la van a disfrutar igual conmigo que sin mí.

Las palabras de Chacho le produjeron a Kendra un nuevo ataque de llanto.

No chilles, chiquita.

Ay, Chacho, eres tan bueno. Y yo tan cabrona, se sinceró.

Calma, calma. Todo estará bien. Pero por favor no vuelvas a mezclar chupe con metronidazol.

Soy una idiota.

Por qué no me avisaste que estabas tomándolo. Así yo te hubiera cuidado para que esto no ocurriera.

Kendra rompió en llanto de nuevo.

Tengo que confesarte algo. Te acuerdas de la noche en que te mandé a buzón dos veces, no estaba dormida, estaba en un bar. Me besé con un güey.

Yo también tengo que confesarte algo.

Primero déjame terminar. Chacho, no pasó nada. Sólo unos besillos inofensivos, le mintió. No le contaría que amaneció en un motel con el Guardia Gamorrean aquel.

¿Segura que no pasó nada?

Te lo juro. Chacho, yo te amo. Y no quiero perderte, por eso comencé a tomar metronidazol. Para mantenerme lejos de la peda y no volver a desbarrar con ningún pinche cuche.

Esa noche yo sí te puse el cuerno, dijo con seriedad.

Es broma, ¿verdad? Quieres desquitarte. Quieres darme celos.

No, no es guasa. Es verdad. Cogí con Yadira.

Ande no, Chacho, tas viendo y nos ves.


Nadie me cree en el gym. Todos me miran con sorna. Piensan que estoy tan pendeja que me equivoqué de pastillas, dijo Kendra con fastidio.

Si lo analizas de manera abstracta, atentaste contra tu vida, dijo la doc Rocha.

No, no, no. Lo tenía todo medido. No es la primera vez que recurro a este método. Se me fueron las cabras. Si no hubiera aparecido el maldito mariachi…

Por qué especulan en el gimnasio lo contrario.

Quieren meterle a Chacho la idea de que estoy loca.

¿Y eso por qué?

Por hojaldras. Por joder la borrega. Por envidiosos. Pero me vale madre esa pinche bola de pandrosos. Nambre, doctora. De a tiro se ve que usted nunca ha entrenado en un gym. La competencia es inhumana. Por ver quién presume la mejor figura, por quién progresa más rápido, por quién se saca las mejores selfies para subirlas a su perfil de Instagram.

¿Habrá alguien que se preocupe de manera legítima por ti?

Nadie, ni por aparentar. Sólo Chacho. Y él sabe que yo nunca me mataría.

Me dijiste que no has tenido episodios como éste antes.

No, doctora. Nunca lo he intentado Y si lo haría, sería de otra forma.

Cómo lo intentarías.

Nunca tomaría pastillas. Ni me ahorcaría, ni metería la cabeza al horno, ni me arrojaría de un puente. Si un día decido suicidarme lo haría en un carro. Le pisaría a 180 o 200 por hora y me estrellaría contra la coca o contra bimbo o cualquiera rastrera empresa que envenena todos los días a la gente con su malvada escoria.

La doc Rocha vestía una mini color cereza que la hacía lucir superhot. Como si en lugar de una consulta se encontrara en un set de televisión en uno de esos programas de revista mañaneros pendejos. Kendra no podía dejar de verle las piernononononas. Se le asemejaba a una Christina Hendricks del subdesarrollo. La idea de que si fuera lencha la invitaría a salir le cruzó por la mente. ¿Si le gustaran las mujeres tendría el mismo problema de que, ya peda, también sentiría debilidad por la guangura de talla?, se preguntó.

Existen medidas menos extremas para tratar tu propensión a la bebida, deslizó la terapeuta.

Sí, como volver a Alcohólicos Anónimos.

Por ejemplo. Sin embargo, subsistiría el problema de fondo.

Lo voy a hacer, regresaré, pero en contra de mi voluntad. Se lo prometí a Chacho.

Insisto, dijo la terapeuta, eso te curará. Perdón, me expresé mal, porque de entrada no creo que haya nada que aliviar. Me refería a que dejar de beber es una solución temporal. Es como esconder la basura debajo de la alfombra.

Cómo que no hay nada que curar. Si vuelvo a sabrosear a un mantecas, Chacho me va a mandar a la beckham. Me amenazó con terminar. Me puso un ultimátum.

¿La beckham?

Sí, a la becky. A la burger king. Me va a dar neck. Y la Yadira anda buitreando. Y no está soltero. Y ya se lo tiró. Él me lo confesó.

Y cómo lo tomaste.

Pos me reardió la cola, pero no pude reprocharle el braguetazo. Yo le había confesado ya que me había besuqueado con el gordo jevymetalero.

Le mentiste.

No, le oculté información, se defendió Kendra. Si le soltaba la sopa capaz que me bota ahí mismo hospitalizada.

¿Crees que exista la posibilidad de que vuelva con Yadira?

No. O sea, si la embarro sí. No lo haré. Estoy convencida de que Chacho me ama. Lo de Yadira fue un desliz. Bajó la guardia. Pero si le administro mi trato especial se amansará.

¿Trato especial?

Ya sabe, cumplirle sus caprichos. Mamársela mientras conduce. Rasurarle sus güevitos, para no tragarme muchos pelos. Y meterle su dildito cuando no se pueda venir. Eso lo amansará.

Lo siento por hacerte esa pregunta, Kendra, dijo abochornada. Eso no forma parte de la terapia.

No se apene, doctora. Entre mujeres no me da pudor desembuchar.

Con eso se superarán la situación. ¿Pero y tus inclinaciones?

¿Se refiere a mis gustos culposos?

¿Has considerado que en verdad te atraen los hombres robustos? ¿Pero sólo bajo el efecto desinhibidor del alcohol te atreves a abordarlos?

Sí, doctora. En ocasiones me lo he preguntado. Y he sido honesta hasta el tuétano conmigo misma. La conclusión a la que he llegado es que no me apasionan los chanchos. Lo que me gusta es darme mi baño de pueblo.

Entiendo, por lo que dices, que te excita la gente de pobre nivel intelectual. ¿Cierto? ¿Por qué no te encamas con hombres delgados?

Ándele, más o menos me entiende. Soy como esos pelados que se calientan sólo con las putipobres. Yo opino que me meto con gordos porque es lo más prohibido entre la clase fit. Pero no creo que pudiera enamorarme de uno.

¿Y no te parece que es demasiado intenso recurrir al metronidazol para frenar tus baños de pueblo?

Soy intensa, doctora, soy reintensa.

Pues tu técnica del metronidazol no te contradice. Y cómo fue que se te ocurrió empezar a tomarlo para no beber.

Una vez, por accidente, lo combiné y me sentí fatal. De ahí me inspiré. El metronidazol haría la función de cinturón de castidad. Y mi impulso por coger con cerdazos nunca volvería a aparecer. Pero me falló por culpa del mariachi, si no hubiera aparecido no me habría puesto tan contenta y no me habría mamado el tequila.

Espero que no vuelvas a ponerlo en práctica.

No, ya aprendí la lección. Y de la única forma en que se aprenden las lecciones. A chingadazos. Voy a ir a las sesiones de Alcohólicos Anónimos y me enmendaré.

¿Y tus apetitos de colesterol?

Se terminaron, doctora. En adelante cero pimpeadas de barra. No más baños de pueblo para mí.


¿No te vas a tomar ni una copita de espumoso?, le preguntó Chacho.

No le busques ruido al sabritón, respondió Kendra.

Nunca se había abrazado a algo con tanta disciplina como a la sobriedad. Ni a la dieta keto. Ni al conteo de macros. Ni al pan ezequiel. Hacía tres meses que Kendra no consumía alcohol ni por accidente. Ni disfrazado en un chocolate con baileys. O en un risotto al vino blanco. Se comportaba como los heroinómanos que una vez rehabilitados no se dejan inyectar nada, así fuera una bedoyecta en la nalga, por temor a que la aguja vuelva a seducirlos.

Chacho estaba orgullosísimo de la fuerza de voluntad exhibida por Kendra. Suspiraba cada vez que ella rechazaba un trago. Quería colgarle una medalla, como si acabara de correr una 5k o un medio maratón. Pensaba que si contara con un ejército así de dedicado en el gym ganaría todas las competencias nacionales de crossfit. Kendra, más que portarse bien, montó una operación de inteligencia para reconstituir la confianza en la relación. El trato de esposa pro, andar por toda la casa sin nada encima más que un delantal de los Pollos Hermanos y una diadema con orejas de conejita, por ejemplo, terminó de preparar el terreno para lo que ocurriría aquella noche.

¿En serio no te vas a chingar ni una copita?, insistió Chacho.

Mi amor, no empieces, rogó Kendra.

Ándale, una. Sólo una.

Kendra pellizcó a Chacho con tanta fuerza que estropeó una de sus uñas de acrílico.

Mesero, llamó Chacho.

Kendra pasó de la humillación al emputamiento en cinco segundos. Los ojos se le encharcaron de lágrimas. Le había costado tanto trabajo alcanzar el equilibrio para que ahora Chacho se hiciera el chistosito.

Qué le pasa a este pendejo, pensó. Tanto pedo, tanto conflicto, tanto sacrificio. Para que me salga con esta mamada.

Estaba a punto de levantarse y largarse cuando el mesero puso el vino frente a ella. En el fondo de la copa brillaba un anillo de compromiso. Kendra le plantó a Chacho un besote de lengua que duró lo que se tarda uno en atravesar la piscina de veinticinco metros sin respirar de ida y de regreso. Luego realizó un acto de prestidigitación. Se empinó la copa y escupió todo el líquido a un lado, quedándose sólo con el anillo entre los dientes.

Chacho se hincó para colocarle el anillo en el anular.

Sí, sí, megasí, acepto, dijo Kendra con una sonrisa más grande que sus nalgas.

Ella pidió una totoaba al grill con puré de coliflor, ejotes y baby gem. Él un rib eye choice término medio. Mientras esperaban los platillos comenzaron a fajar descaradamente a medio restaurante. La indignación de los clientes no tardó en manifestarse. Pero ni los cuchicheos ni las protestas consiguieron distraerlos. Como cuando le hablas a una persona que está sumida en su celular y no te pela. Tuvo que llegar el gerente a exigirles que se retiraran. Ni siquiera les cobraron la cuenta. Les urgía echarlos. A manosearse a otro lado.

No deberían tener totoaba en el menú, está en peligro de extinción, los voy a acusar con la Semarnat, gritó Kendra al salir del local.

Pobres pendejos, se quejó Chacho, no saben reconocer el amor cuando lo ven.

Kendra se quitó los calzones en el estacionamiento y los tiró en el piso, así como otros tiran tapabocas o colillas de cigarro. Chacho había planeado que después de la cena romántica pasaran la noche en el jacuzzi de un hotel, pero no alcanzaron a llegar. En un semáforo en rojo Kendra se arremangó el vestido y se colocó a horcajadas sobre su prometido. Cambió a verde y la troca de Chacho no se movió ni un centímetro pese a los claxonazos de los carros que venían detrás. Tuvieron que rodear el vehículo para avanzar. Chacho perdió la cuenta de las veces que la luz cambió de color.

Qué bueno que no pasó una patrulla, farfulló después de eyacular. Pinche mordidota que nos hubieran ensartado.

¿Te imaginas?, bromeó Kendra. A lo mejor hasta me quitaban el anillo.

Nos bajarían hasta los celulares. Son unos culeros. Si no les llegas al precio te balconean en las noticias. Méndiga quemadota.

Al bote por calientes.

Si no fuéramos la imagen del gym me valdría madres.

En caso de haber sido descubiertos, nosotros somos quienes deberíamos extorsionarlos a ellos. Obligarlos a pagar por ver coger a dos personas tan perfectas.

El semáforo se puso en verde y Chacho arrancó con rumbo a su depa.

Papi, qué haces, le preguntó Kendra.

Pues ya, ¿no?, a dormir. O qué plan.

¿Sin cenar?

Nos regresamos al restaurante o qué pedo.

Hoy es una noche especial. Hoy quiero pecar. Llévame con el Sultán.

Kendra nunca fue una chica equis. Aunque tampoco nació pegada a unas mancuernas. Sin embargo, desde niña mostró una sabiduría congénita para dosificarse las calorías. Su paladar no se derretía por las golosinas. Los helados la empalagaban. Ni siquiera el chocolate la doblegaba. En la escuela, a la hora del recreo, un vaso de jícama con chile era su snack sagrado. En invierno, cuando todo mundo sucumbe al chocolate caliente acompañado de un pan dulce, ella comía huevos cocidos con poquitita sal. Nunca se había sentido conforme con su cuerpo. Pero cuando descubrió el ejercicio supo que había encontrado un propósito.

Lo único que conservaba de aquellos años anteriores a su ingreso al gym era las hamburguesas del Sultán. A donde sólo acudía en ocasiones significativas. Un cumpleaños. Una despedida de soltera. Un funeral (también los fit ahogan las penas en comida algunas veces). O cuando quería vivir al límite.

Chacho pidió una doble carne con todo. Se la aspiró sin miramientos. Al día siguiente le tocaba pierna y sabía que la quemaría toda en el gym. Incluso sopesó la idea de pedir una segunda, pero ya nunca se atascaba pasadas las once de la noche porque le costaba dormir. Kendra pidió la sencilla. Sin mayonesa. Sin cátsup. Sin aderezo de chipotle. Apenas si la mordisqueó. El pan quedó intacto. Sólo probó algo de carne. Lo único que se terminó fue el aguacate. Pero aun así sintió que descendía a los infiernos.

Déjame en la casa, le pidió Kendra, en cuanto Chacho arrancó la troca.

¿Neta?, se sorprendió. ¿No vas a dormir conmigo? Es nuestra primera noche comprometidos.

Mi amor, zalameó Kendra, cómo crees que no le voy a contar a mi mamá.

Pero si ya casi vivimos juntos. Mañana chismorreas.

No. Si no le informo hoy mismo me mata. Ya tendremos todas las noches por delante para nosotros solitos.

Háblale por teléfono.

No, es peor. Se indignaría. Ya la conoces. Ándale, papi. Aguanta vara.

Bueno, se resignó Chacho. Pero me debes una.

Sí, corazón. Si quieres todo el fin me ando con el delantal de baby Yoda.

Cuando Kendra llegó a su casa su madre roncaba. Agradeció a la virgen no encontrarla despierta. Le habría puesto una gritoneada. Hacía una semana que le había encargado llevar unos cuchillos al afilador y todavía los traía en la cajuela. Aunque esta vez tenía la mejor de las excusas.

A quien en realidad quería soltarle toda la sopa era a la Marce. Se quitó los tacones, se puso las chanclas especiales para lavar ropa los domingos, se tiró en su cama y le llamó a su amiga.

Qué barrio.

Ay, estupi, por qué contestas así. Ni que fueras malandro.

No soy, pero si hace falta mandamos traer unos jomis de la Pancho Villa pa lo que se ofrezca.

Qué crees.

¿Estás embarazada?

Ay, estupi, no digas mamadas. Vengo de cenar con el Chacho y chan chan chan chan, chan chan chan chan.

Nooooooo. ¿Ya? Uf, por fin. Y yo que pensaba que la Yadira te iba a dar vajilla.

Cállate, esa churpia pokemona acaba de perder por goliza.

Pero bien que se le puso su pimpeadona.

Un resbalón cualquiera lo puede tener. Como si yo no fuera la reina del desliz. ¿Estás contenta por mí o no?

Hartaje, chula. Esto hay que celebrarlo. Vamos por unos mastiaches.

Cuándo.

Ahora mismo.

Ay, no, mamona. Ya estoy en piyama.

Cómo jodidos no, retó Marce. ¿Escuchas? Exacto. Es el motor de mi coche. Voy en camino, nomás recojo a la Tina y te caemos.

Güey, no, estoy cansada. Ya me desmaquillé. Mejor el fin.

Me vale madre. No se le proponen a una todos los días.

No te voy a abrir.

Ja ja, le llamo a mis jomis y te tumbamos la pinchi puerta.

Veinte minutos después un estacato de bocinazos anunció que Marce y la Tina habían llegado. Kendra salió descalza, hecha la madre, envuelta en un kimono estampado de gatitos.

Shhhhhh, le espetó a sus amigas. Parecen cobrador en moto. Van a despertar a mi mamá.

Fiu fiu, qué piernononas, la piropeó Marce.

¿Todavía no estás lista, estupi?, gruñó la Tina.

Se las quedo a deber, bitches, se excusó Kendra.

Mira, zorra, si no vienes con nosotras soy capaz de ponerte afuera del gimnasio un puesto de tamales rellenos de cajeta, bañados con la lechera y espolvoreados con m&m's.

Ash, ok ok ok, dijo Kendra convencida de que Marce no desistiría. Deja me produzco poquito.

Ni tanto, eh, la aconsejó Marce, que orita te van a meter una aporreada que vas a quedar irreconocible.

Kendra salió a los cinco minutos. Pararon en un oxxo por cigarros y luego enfierraron hacia el Papi Chulo.

Para ser lunes había demasiado movimiento en el local, un bar de estrípers para mujeres. Cuando entraron sonaba el himno del lugar: "Tú quieres mmm / te gusta el mmm / te traigo el mmm // Y Lorna a ti te canta el mmm / Qué rico el mmm / sabroso el mmmm / y a ti te va a encantar el mmm". No les costó ni dos shots ambientarse. Marce y la Tina babeaban por los mamados que desfilaban por todo el antro, menos Kendra, que bostezaba dándole sorbitos a su agua mineral. Tenía un plan de escape. En cuanto sus amigas se empujaran otros dos shots se excusaría para ir al baño, saldría del congal y se treparía al primer taxi que pasara.

A punto estaba de largarse cuando Marce sacó la bolsita.

Pruébala, dijo socarrona, es cocaína.

Kendra nunca se había metido droga. Ni siquiera esteroides. Si le temía a los tacos de tripa como al cáncer, cuantimás a un estimulante.

Esta noche vas a probar de todo, soltó la Tina, y puso tres mil pesos en billetes de quinientos sobre la mesa. Escoge, dijo, a cuál de estos mastiaches te quieres coger. Nosotras te invitamos.

Llegó otra ronda de tragos y Marce le depositó uno en frente.

Shot, shot, shot, empezaron a corear la Marce y Tina.

Pinche Marce, lloriqueó Kendra, por qué eres así, güey. Sabes que no estoy pisteando. Y no, no me quiero tirar a ninguno de estos cabrones.

¿Ni un privadito? ¿Un bailecito? Es tu despedida de soltera. No te vamos a grabar. Eh, tú, báilale, le dijo a un estríper que traía una tanga de elefantito.

Durante los tres minutos que el estríper se le restregó como caracol que escala la pared de una pecera, lo que duró la canción, Kendra pensaba, con la mirada ida, en que esa mañana no se había tomado su omega 3, 6 y 9.

Mejor vámonos, renegó Marce. Mira a esta vieja cómo está de agüiche.

Pidió la cuenta y las tres abandonaron la zona de chacales. Kendra con cara de fastidio, Marce y Tina bien puestas cantando: "Saca la coca / pica la roca / no importa que sea poca / vente en mi boca, wow". Se treparon al auto y Kendra tiró la toalla.

Estoy muerta, llévenme a mi casa, plis, guoman.

Sí te vamos a llevar, amiga, dijo Marce, pero antes haremos una parada en pits. En vista de que no quisiste tu chacaleada, y para que la noche no sea un completo desperdicio, te voy a llevar a uno de tus lugares favoritos.

No, no por favor, rogó Kendra. Ya me quiero dormir. Si no me van a dar raite díganme y pido un taxi.

Aguanta las carnes, mi amor, le suplicó Marce.

La ciudad estaba vacía. No tardaron en llegar a la plaza de los mariachis. Lucía semidesierta. Sólo había dos conjuntos desperdigados. Algunos músicos fumaban y otros yacían echados sobre cobijas improvisadas como hamacas.

Marce le pidió a uno de ellos que se acercara. Entonces Kendra lo vio. Era un puercolodonte de dimensiones prehistóricas vestido de mariachi. Más que calzar sus botas parecía que las estaba castigando. Cada paso suyo resonaba con tanta fuerza en la calzada como si lo diera el mismísimo Kingpin. Resultaba tan majestuoso ante sus ojos que para ella bien podría estar envitrinado en un museo. Junto a él habría una ficha con su nombre en latín. Kendra sentía la excitación del científico que descubre una nueva especie. En todos sus años como amante subrepticia de gordos jamás se había topado con un espécimen como Lencho.

Contrataron al grupo por una hora. Para la segunda canción Kendra ya se había colgado del cuello del puercolodonte. Se metió dos fachos de tequila y aspiró dos rayas de coca. Y cantó bien dolidota: "estos celos me hacen daño me enloquecen / jamás aprenderé a vivir sin ti".

La despertó la cruda. No reconoció el lugar. No era su habitación. Ni la de Marce. Y seguro tampoco la de Tina, aunque nunca había estado en ella. Su primera reacción fue llevarse la mano a la entrepierna. No, no traía calzones. Pero no se alarmó. Checó su celular. Era tardísimo. Tenía varias llamadas perdidas de Chacho. Y como chingomil mensajes. Una foto de Jorge Negrete colgada en la pared le produjo un flashback: ella con sombrero de charro montando a pelo al puercolodonte. Pero no sintió repugnancia, le dolía la cabeza, pero no sentía nada de vergüenza. Un canturreo provenía del baño.

Yo soy de esos amantes sabandija / que suelen todavía mandar flágüers / aunque yo sigo en este mundo / con sus modas y modismos / el amor es para mí siempre en domingo.

Abrió el primer mensaje. Era de Chacho.

Buenos días, mi amor. ¿Ya pusiste la avena a remojar? ¿Ya te estiraste? ¿Ya te tomaste tu batido de sábila?

Segundo. También de Chacho.

Buenos días, corazón. ¿Ya cociste la quinoa? ¿Ya saludaste al sol? ¿Ya te alineaste los chacras?

Tercero.

¿Ya revisaste la bolsa de valores? ¿Ya preparaste tu matcha? ¿Ya hiciste el face yoga?

Cuarto.

Mi vida, te quedaste dormida.

Quinto.

Te estoy marque y marque.

160

Sexto.

Por qué no contestas.

Séptimo.

Ya me preocupé, mi amor. ¿Todo bien?

Octavo.

Oye, qué pedo. Ya me preocupé.

Noveno.

Estoy afuera de tu casa, sal.

Décimo.

Ya me dijo tu mamá que no llegaste a dormir. Dónde chingados andas.

Lencho salió del baño con la toalla aturbantada en la cabeza. Apestaba de pies a la cabeza de jōvan musk. Era un espectáculo impresionante. Como ver a una ballena gris en el momento exacto en que brinca fuera del agua en las lagunas costeras de Baja California Sur. Mientras se alistaba para marcharse a trabajar, era maestro de solfeo en una escuela semirrural en el turno vespertino, con sus ganancias como mariachi no podría pagarse los banquetazos que le encantaba darse en cuanta fonda se le atravesara.

Kendra descubrió no sólo que no quería huir de la escena del crimen lo antes posible, como siempre, sino que además ese armatoste le había puesto la cogida de su vida. Y esa doble identidad, por la mañana profe godín y por la noche trompetista en el conjunto Los Pelados, ensanchaba su admiración por él.

Hace retemucha jaria. Amos a comer, invitó el puercolodonte.

Nunca salgas a la calle sin arreglarte porque puedes toparte al amor de tu vida, era la filosofía de Kendra. Pero como el galán ya lo traía puesto ni siquiera se dio un regaderazo rápido para tumbarse el olor a sexo. Sonó su celular. Era Chacho. Lo apagó y se trepó en la troca del puercolodonte. Ni de su batido de proteína se acordó. Nunca salía de su casa sin él. Fuera a entrenar o no. Ni sin sus galletas de avena para el monchis. No siempre tenía la suerte de toparse al don de las frutas para comprarse su vaso de jícama con chile. Pero faltar al credo fit era el menor de sus pecados. A esa hora debía estar reunida junto a Chacho con el planificador de la boda.

Lencho aparcó frente al mercado Juárez. Caminaron por los pasillos hasta el área de comidas. A Kendra el buen gusto le había dictado que jamás se debía comer en un lugar que exhibiera lonas con fotos de sus platillos. Pero su sentido común estaba más muerto que la libido de un paciente tratado con antidepresivos de primera generación. Ella sólo quería complacer al puercolodonte. Una nube de aceite de maíz barato quemado flotaba sobre sus cabezas. Tan sólo respirarlo te disparaba el colesterol por encima de los doscientos.

A quién no le gusta el chismecito, saludó doña Julia a Lencho. ¿Y esta muchacha tan guapa? ¿Es tu nueva conquista?

Doña Julius, ella es Kendra, la presentó todo orgulloso.

¿Kendra? Como la güerita del reality ese que tanto le gusta a mi yerno, *Las Conejitas de Playboy*. Qué les voy a servir.

Ya sabe doñis, respondió Lecho. La especialidad de la casa.

Se dejaron caer sobre dos bancos frente a una barra de mosaico. Sin consultarlos, les plantaron delante dos cocas bien frías de botella de vidrio. A Kendra no le caló lo de la nueva conquista. Como a todo sex machine, al puercolodonte debían de sobrarle las pretendientas. Ella también tenía su carpeta de admiradores, no podía quejarse. En la página cuatro figuraba nada menos que el futbolista Marc

Crosas. Eso la envolvió más. Que Lencho tuviera su pegue y no fuera otro de esos pinches acosadores que la abordaban en bares.

El pedido llegó. Dos platos rebosantes de caldo de res. Se apreciaba que estaban servidos con mucho amor. Pero también con mucha grasa. Sendos sebos sobresalían como tentáculos color engrudo. Lencho comenzó una operación de desmontaje más digno de una instalación para la bienal de arte contemporáneo que del simple acto de alimentarse. Exprimió dos limones en el plato y se dispuso a prestidigitar. Primero deglutió la papa. La echó en una tortilla, le puso sal, mantequilla y salsa molcajeteada. No en todos los restaurantes puedes disponer de mantequilla a tu antojo, pero Lencho era cliente consentido. Después se hizo dos tacos con la carne magra. Puso sal, limón, salsa a cada uno y se los bajó con cucharadas de caldo. Hizo una pausa para darle un trago a la coca. Pidió un refil de caldo y continuó. Embarró el elote con mantequilla, le puso sal y se lo jambó. Se hizo otros dos tacos de sebo. Le puso medio aguacate a cada uno, sal, más salsa y se los bajó también con caldo, hasta dejar el plato seco. Segunda pausa: otro facho al chesco. Pidió un POPOTE y se aspiró el tuétano. Tercer refil de caldo y ahora sí, echó el arroz rojo al plato, tortilla con pura sal, y se lo despachó con las verduras, que siempre las dejaba para el final. Último trago de soda, hasta el fondo. Y final con allegro.

Kendra apenas si mordisqueó una zanahoria. Estaba embebida con las habilidades desarmadoras del puercolodonte.

Seguro de niño era una lumbrera para el tente, pensó.

Lencho pagó la cuenta, se despidieron de doña Julia y salieron a la calle.

Tengo que trabajar, le dijo. Pero me gustaría verte otra vez.

Te acompaño, contestó Kendra. A tu trabajo, no tengo nada que hacer, mintió con tal de no separarse de él.

¿Estás segura? Te vas a aburrir.

Te juro que no.

Arre, pues.

Sentada derechita en la camioneta rumbo al ejido San Antonio, Kendra se sintió apasionada. La impulsaba el deseo de seguir al puercolodonte hasta el fin de la historia. Quería compartir todo con él. Formarse juntos en la fila para el refrendo de las placas. Comer burros de prensado afuera de la arena al final de la función de lucha libre. Cortarle las uñas de los pies antes de que se le enterraran hasta la gangrena.

La tarde transcurrió lenta. Kendra calculó que en ese tiempo ya hubiera visto las dos primeras temporadas de la serie *Shameless* o tomado dos clases de zumba y una de hipopresivos. Entre clase y clase de música, Kendra y el puercolodonte se metían al baño de maestros a besarse con desesperación. La hora de separarse se aproximaba. Lencho tenía que salir a buscar la sangre de nuevas víctimas vestido de mariachi.

Al final de la última clase intercambiaron números y se prometieron llamarse al día siguiente. Kendra prendió su celular, pidió un taxi y le regaló su tanga toda sudada como quien acaba de cerrar un trato de millones de dólares.

Varias noches después, Kendra citó a Chacho afuera de su casa para batearlo.

No puedes hacerme esto, Kendra Patricia Castañeda Chavira, lloriqueó él.

Quiero dormir, respondió ella con fastidio.

No me moveré de aquí hasta que nos arreglemos.

¿Ya viste la hora? Son las cuatro de la mañana.

Lo que quiero es que me expliques por qué.

No tengo nada que explicar. Tampoco es tan extraordinario. La historia está llena de rompimientos de parejas, de separaciones, de bodas canceladas.

Esto no es una comedía romántica. Es que no lo entiendo. Hace apenas dos días me amabas. Qué fue lo que pasó.

No seas cursi. Simplemente pensé bien las cosas y decidí que no es el momento.

Ok, ok, comprendo eso. En ese caso, no me regreses el anillo. Esperemos a que sea el momento.

No tiene sentido, Chacho, para qué perder el tiempo.

Nadie cambia de parecer de manera tan intempestiva. Pa mí que te están chambiando.

No seas ridículo.

¿Y nuestros planes de abrir un nuevo gimnasio? Era lo que más anhelabas en el mundo.

Ya encontrarás un socio. O socia. Tampoco es tan grave.

¿Ves? Te hicieron brujería. No suenas a ti. Para ti abrir un gym era lo más importante.

Ya, Chacho, de verdad. Tengo mucho sueño. Estoy cansadísima.

¿Conociste a alguien más? Me estás dejando por otro.

Jajaja, no seas fantasioso. Claro que no hay nadie más.

Entonces cuál es el motivocausarazón para botar lo nuestro a la basura.

No seas dramático. Te pudo pasar a ti, pero me pasó a mí. Un mañana te despiertas y te cae el veinte de que la dirección que has elegido no es la adecuada para tu vida.

¿Una mañana? Suenas a cristiana conversa. ¿Y quién te dijo semejante mamada? ¿Te habló la virgen o qué chingados?

Mira, Chacho, empezamos a discutir a las once de la noche. Si no nos arreglamos en cinco horas no nos vamos a arreglar nunca, dijo Kendra y puso el anillo de compromiso sobre el tablero del coche.

Dónde estuviste el tiempo que desapareciste. Por qué no puedes decirme.

En ningún lugar en especial. Necesitaba estar sola para pensar.

Recapacita, Kendra. Es una gachada lo que estás haciéndome.

Perdón, no quiero ser nasty contigo, sólo que no estoy preparada para comprometerme.

Qué poca madre tu excusita. Tú no estás preparada pero yo sí tuve que estarlo para aguantar todas tus infidelidades y tus caídas en el hospital.

Por eso hasta aquí llegamos, Chacho. Ya no tendrás que soportar más mis desmadres.

¿Y el amor que sentías por mí?

Sigue intacto. Pero no se trata de reprocharnos eso. Estoy rendida. Si quieres otro día hablamos, aunque mi decisión está tomada, dijo y al bajar del carro cerró la puerta despacito, con sumo cuidado, temerosa de que si le aplicaba más fuerza el mundo se fuera a desmoronar.

El ascenso es lento, pero la caída rápida, leyó Kendra en una galleta de la suerte.

Devota de las limpias energéticas, para no granjear mal karma, dedicó dos días a descombrar de su cuarto todos los objetos que le recordaran a Chacho. Todos los regalos con los que la había agasajado durante sus cinco años de noviazgo. Peluches de Star Wars, tenis Jordan, perfumes, aretes, dijes, shakers, libros, tazas, bolsas, tacones. Se deshizo de todo, una pequeña fortuna si lo consideramos, menos de los suplementos vitamínicos. Pero no le dolió el codo. Que se cuajaran los recogedores de basura. Hasta tiró las cartas que él le había escrito. Guardadas con esmero en una cosmetiquera. Fue ahí donde encontró la galleta y la rompió por inercia.

La frase le chocó más que el olor a pollo en mal estado descongelándose. Quizás en otro momento le habría sonado premonitoria. Pero su radar de pitonisa estaba desactivado por completo. Y claro que había dudado. Puso a Chacho en un lado de la balanza y en el otro a Lencho. No fue un final de fotografía. Sobra decir quién perdió. Y quién ganó por varios palmos de abdomen. Todas sus dudas desaparecían en cuanto con sus espuelas imaginarias montaba al puercolodonte salvaje. No escuchó las advertencias de su madre. Sus amigas se cansaron de pendejearla. No se quebró ni siquiera cuando tuvo que enfrentarse a la realidad de conseguirse un trabajo fuera del mercado del moldeamiento corporal. De una cogida a otra pasó de ser maestra de pilates a contadora godín en una cadena de zapaterías. Era el precio a pagar por andar con un rockstar del mundo vernáculo.

Pero, sobre todo, lo que más la empoderaba era sentirse capaz de comenzar desde cero. Amor nuevo. Refri nuevo. Estrenar lavadora. Se abstuvo de inscribirse en gimnasio alguno para evadir las miradas de escarnio del medio. No importaba qué tan lejos estuviera o qué de tan baja estofa fuera, la reconocerían. El mercado del fitness es tan pequeño como el de las startups, el de los clubes de runners o el de la literatura. Se hizo una playlist de videos de ejercicios en YouTube y no dejó de sudar un solo día de su nueva vida. Se mudó con Lencho y se propuso amarlo hasta las últimas consecuencias, como cuando alguien adopta un perro y se da cuenta de que es un desmadre pero permanece inamovible en la convicción de no devolverlo porque haya salido defectuoso.

No modificó sus hábitos alimenticios. Por más que el puercolodonte tratara de convencerla todas las mañanas de que la mejor birria era la de la calle Blanco, afuera de la cantina El Nopal, o que la mejor cura para la cruda era el menudo de Chabelo, a espaldas de la iglesia de mormones de la ampliación Los Ángeles o que el caldo de gallina más chingón de la galaxia era el del puestecito a espaldas de los fierreros. Kendra tenía la convención de que había que morirse sano. Para que al podrirnos mineralizamos la tierra para nutrir chingón el ciclo de la vida. Fue lo único en lo que se mantuvo firme. En no cambiar su estilo de vida. Consideraba que la ruina de las parejas se fraguaba en el momento que se mimetizaban una a la otra. Varias ocasiones sentía que eso le ocurría con Chacho. Y quizás, ahora que lo reflexionaba, ponerle los cuernos con gordos era su manera de rebelarse al síndrome Zelig.

Dos meses después, pasó por la calle donde estaba el espectacular de promoción del Termineitor. Aunque lo habían contratado por un año, había sido remplazado por la publicidad de un concierto de Timbiriche. Era raro no admirarse de cuerpo entero mientras Chacho la levantaba con un solo brazo. Pero tampoco le pareció el fin del mundo.

Aunque mantenía contacto con poca gente del circuito fit, le llegaban chismes a mansalva. El más irreal: que Chacho se había deprimido, se había puesto a tragar y se había puesto bien marrano. El más malaleche: que Chacho había vuelto gerenta a la Yadira. No le escaldó la dona del coraje. Al contrario. Hasta se sintió bien por su ex. El chisme es el eje que hace girar al mundo. El ambiente de trabajo era igual de detestable en un gym que en una oficina de gobierno que en un despacho de contaduría. Así que sabía que las noticias continuarían respirándole en la nuca hasta el final de la historia. Es decir: el día que alguna maldosa le reenviara por correo electrónico la invitación a la boda de la Yadira y Chacho.

Su única ocupación por el momento sería aparearse con el puercolodonte hasta que comenzara la veda de totoaba y ahorrar. Juntar varo para irse de vacaciones con Lencho a la playa. Salivaba sólo de imaginar a su Moby Dick alfa lomo plateado varado en la arena mientras ella lo embadurnaba con litros de protector solar y lo mantenía hidratado con margaritas de jamaica escarchadas con chile piquín. Cuando llegaba a casa, montaba a Lencho como quien saca a pasear al perro y después lo despedía, pantuflas de peluche color lavanda y bata estrafalaria como las que usaba Fran Dresser en la serie *La niñera*, con un besote engolosinado que duraba más que lo que se tardaba en hervir su té de bugambilia.

El puercolodonte no regresaba hasta las siete de la mañana. Pedo, perico, y en ocasiones apestando a vagina, pero Kendra se hacía de la vista gorda. Se colocaba a horcajas sobre él y gritaba:

Yija, yija.

Los problemas entre Kendra y el Lencho comenzaron por comida. Y no por celos, la madre de todas las broncas. Una noche antes de salir hacia la plaza de los mariachis, Kendra observó cómo el puercolodonte sudaba para ponerse las botas de piel de ajolote con acné. La comenzaron a asaltar pensamientos negativos. En cuánto traería los trigli Lencho. Y el colesterol LDL. El ácido úrico. La glucosa. ¿Tendría hígado graso? ¿La presión alta? A sus ojos era el candidato número uno a un infarto. Se había prometido a sí misma no interferir en su modo de vida, como no lo hace uno en un safari cuando un gamo está siendo perseguido por una leona. Pero su amor por él la empujó a traicionarse. A tratar de encauzarlo para que no se atascara de las calorías.

Y empezaron los pedos.

Tienes que probar este taco de fideo seco, le dijo Lencho un día que salieron a comer a un restaurante.

No se me antoja, mi amor, remilgó Kendra.

Esto es alta cocina. Uno de los secretos mejor guardados de la gastronomía norteña.

Pero es una bomba. Es carbohidrato sobre carbohidrato.

Oh qué la, por qué siempre tienes que estar contando todo lo que uno se lleva a la boca. Pareces profesora de matemáticas del Cebetis La Joya.

Además la crema y el queso que le pones lo vuelven todavía más difícil de asimilar para el cuerpo.

Lencho tenía planeado sólo comerse una orden, pero después de escuchar aquello, en revancha se dio una orgía de tacos de fideo. Se chingó cuarenta y ocho, más seis cervezas, más cuatro canastos de totopos y dos platos de frijoles con veneno. Se acordó de los récords que le habían otorgado fama en el pasado. Veinte burritos de prensado de con doña Licha. Treinta y seis tacos de tripas de las de la calle Matamoros, frente a los cines Cuatro Caminos. Cuatro lonches de adobada especiales, con un aguacate entero dentro, lomo de puerco, queso, jamón y doce chiles toreados. Cuando la comida lo inspiraba, el puercolodonte poseía el mismo grado de concentración que una patinadora de hielo compitiendo en los juegos olímpicos.

A partir de entonces, la preocupación de Kendra estaba en guardia todo el tiempo. Y las rencillas por el consumo de alimentos agresores eran pan de cada día. El único ejercicio que hacía el puercolodonte, además de los cogidones antológicos que le metía, era tocar en el mariachi. Estaba más lejos del déficit calórico que los Bills de Búfalo de levantar el trofeo Vince Lombardi o Murakami de ganar el Nobel. Pero si el Atlas fue campeón después de cincuenta años, todo era posible. El objetivo de Kendra no era hacerlo adelgazar, sino que ya no subiera más de peso.

Pero doblegar los vicios de una persona es más difícil que contactar con extraterrestres. Si fuera tan fácil todos nos volveríamos testigos de Jehová cada vez que nos tocan a la puerta. Sin embargo, Kendra se sentía impelida por fuerzas insondables para emprender esa batalla. A lo mejor era la herencia de haber leído de niña los libros de Julio Verne. Sus pasajes favoritos eran aquellos donde se presentaban luchas contra algunas criaturas marinas fantásticas.

La siguiente pelea fue por culpa de los tacos de ojo del Güero. Cuando Lencho la invitó a la barbacoa, Kendra se entusiasmó. Taquitos de cachete de carne lo más magra posible. Era la senda a peregrinar. Pero cuando llegaron al puestecito ubicado afuera de la cantina Club España, sus ilusiones se derrumbaron como cuando estás esperando que el resultado de tu examen de matemáticas sea un siete y en lugar de eso te reprueban. Lencho pidió puros tacos de ojo con un sebito extra. Ni siquiera uno de surtida. O uno de lengua. Kendra se puso a hacer cálculos en su cabeza. Era verdad lo que decía Lencho. La métrica de su mente sólo fraccionaba en términos de macros.

Pruébalo, la apremió Lencho. Es uno de los placeres más delicatesen de la comida callejera.

El Güero se puso a prepararle uno. Por güeyes como éste existe el estereotipo del taquero, era tal y como aparece caricaturizado en la cultura mexicana, sólo que pelirrojo. Procedió a extraer el bulbo ocular de la cabeza de la vaca. Luego le quitó la parte fibrosa, es decir el iris. Y después lo embadurnó en una tortilla, le puso cilantro y cebolla, un viaje de salsa verde de tomatillo petacón y se lo extendió. Sólo de ver la operación Kendra casi se vomita. Puso una cara de asco fuera de toda proporción. Como si en lugar de un prestigioso taco de ojo le estuvieran ofreciendo un caldo de murciélago de ésos de los que propagaron el covid. Y el Güero, acostumbrado a que todo mundo le chuleara sus exquisiteces, se turbo ofendió.

Chale, pinche Lencho, qué mal educada tu vieja. Le espetó. Cuanto más fresas, más groseras. Por favor, que sea la última vez que me traes gente de esta calaña.

Si hay algo que no puedes hacer es lastimar la autoestima de un taquero. Si el taco es malo, simplemente no te lo comes, lo dejas ahí, pagas y te vas. Pero el taco de ojo de con el Güero, un bocado de pura grasa, estaba lejos de ser un mal taco. De hecho, era famoso en varios kilómetros a la redonda. Y bastante codiciado. Si no llegabas antes de las nueve de la mañana no alcanzabas.

Perdóname, mi Güero, dijo Lencho apenado, su reputación ahí había sido siempre impecable. No te apures, compa. No se repetirá. Cuánto te debo.

Pagó y se fueron. Ya en la camioneta Lencho la encaró.

No tenías por qué ponerme en vergüenza, reclamó.

Lo siento, se disculpó Kendra con lágrimas en los ojos, no se sabía si por fruto del incidente o por las arcadas.

Esa noche no durmieron juntos. Compartían cama las noches que Lencho descansaba. Cuando el mariachi se tomaba una madrugada libre. Y aunque para Kendra fue más cómodo, porque no tuvo que fumarse los ronquidos monolíticos de Lencho, no pudo dormir. Mientras mordía techo se percató de que aquél era un mundo por completo ajeno para ella. Que pese a haber nacido en la misma ciudad, visitado los mismos lugares y atestiguado idénticos amaneceres, el sino de Lencho le era totalmente ajeno. Como si ella fuera una inteligencia artificial. Como si perteneciera a otra generación, esclavizada a la disciplina. La empresa de quebrar las reglas era inconcebible para alguien como ella. Y eso la entristeció infinitamente. Pero como no quería hundirse en el malviaje, se puso a pensar en BCAAs.

De ahí en adelante fue puro desgreñadero. Sobre todo por el tesón de Kendra por saltar cercas de ranchos que estaba prohibido brincar. Dos días después levantó a Lencho a las ocho de la mañana. Un crimen de estado, si tomamos en cuenta que pasaba casi toda la noche despierto. Quería que fueran juntos a caminar al parque. Una actividad que al puercolodonte se le antojaba un desperdicio. Él sólo se movía para conseguir sexo, para desempeñarse como mariachi, para impartir sus clases de solfeo o para satisfacer su gula.

Lencho fue arrancado de la cama con el mismo dolor que siente un infeliz cuando le despegan la cinta del catéter de su amoratado brazo. Se puso el único pants que tenía, uno con el logo del Santos Laguna. Sólo lo usaba los domingos, día en que lavaba la troca. Un jeep cherokee modelo 82 color vino que arrancaba con cualquier llave. Su único aliciente para desmañanarse era que a esa hora abría el puesto de gorditas de cocedor. Después de arrastrarse por el parque podría recuperarse con tres de chicha, dos de papadillo y dos de frijol que se bajaría con una caguama en bolsa.

A Kendra la desconcertó que en el parque la gente luciera tan deslucida, tan desastrada. Un don trotaba con una playera roída con propaganda de un partido político. Ésa ella no la usaría ni para limpiar las ventanas. Qué contraste con las morras del gym, que no perdían la oportunidad de presumir todos los días un autfit distinto. Se le ocurrió que la gente del parque no acudía a ligar, sólo a hacer ejercicio. Nadie se tomaba selfis con sus esmarfons de 128 yigas. No había entrenadores que ofrecieran botes de glutamina. La gente estaba concentrada en dar vueltas como los extras en una película de zombis.

A los diez minutos de caminata Lencho comenzó a emberrincharse. No había encontrado sus tenis y salió en chanclas, pero con ellas caminaba más lento que la mamá de Tony Soprano.

Ya me cansé, se quejó. Vamos a los tacos de ubre de la Múzquiz.

Sabes que la comida callejera no es para mí, deslizó Kendra.

Lo mismo ha dicho mucha gente de la piedra, de los travestis, del reguetón y, mira, el mundo arde ante el vicio. Ah, qué sabroso es el pecado.

Media hora más y nos vamos, ¿ok? Qué te parece si regresamos a casa y te preparo un tazón de avena con amaranto, fresas y blueberries.

Por qué me torturas, chilló Lencho.

¿Qué? Mejor dime por qué para ti es un castigo todo lo que nutra, lo que sea verde, lo que no te taponee las arterias. O tomar agua.

Qué sigue. Que me lave la cara todas las noches antes de dormirme y me embarre de cremas como tú.

Pues deberías, ¿te has checado las patas de gallo?, te ves más arremangado que Troy McClure.

Lo que pasa es que a ti no te gusta que sea gordo. Qué hay de malo en eso. Todos mis héroes son gordos: John Belushi, Porcel, Tony Soprano, John Candy, Charles Michael Kittridge Thompson IV, Jorge F. Hernández.

Me preocupa tu salud.

Chatita, contestó Lencho apelando a su comprensión, ayer di clases, después me fui a la mariachada y apareció un ganadero bien prendido que nos contrató para llevar serenata una hora. Se le encendió la mecha y no nos dejó descansar en cuatro tandas. Al final se iban a armar los putazos porque nos negamos a seguir tocando. Tengo sueño, los pies hinchados y no he dormido ni una hora. Perdóname si no tengo la mejor de las actitudes.

Ta bueno pues, vámonos a casa antes de que te acalambres, dijo Kendra sin poder evitar sentirse un poco egoísta.

Lencho siempre tendría una excusa, un pretexto, una coartada, para no hacer una flexión, no subir una escalera ni pegar un brinco. La única manera de cambiar su forma de pensar, dedujo Kendra, sería concientizarlo. Mostrarle, con los pelos en la mano, que era una olla exprés. Plantarle enfrente la evidencia de que a ese paso su sistema colapsaría más rápido que la planta nuclear de Springfield. No importaba que contara con el auspicio de una genética a prueba de balas. Que su padre nunca haya dejado de fumar y muriera a los setenta y ocho.

Fue así como se le ocurrió lo de los exámenes prenupciales.

Gordo, iba pasando por afuera de un laboratorio y vi un paquete de análisis de sangre para parejas y no pude resistir la tentación de comprar uno para nosotros, le dijo una tarde al volver de la chamba. ¿A poco no te parece lo más romántico del mundo?

A Lencho las agujas no lo asustaban. Lo que lo desmoralizaba era aguantarse doce horas de ayuno. Todas las noches se jambaba su tortillón de chile relleno. Sin embargo, como sabía que el moyote que no matas hoy te picará mañana, accedió con tal de ahorrarse los futuros reproches de Kendra. Lo que ignoraba es que también le practicarían una química sanguínea completa, además de un perfil tiroideo. Y un antígeno de próstata. Pero un cambio de turno echaría a perder la treta de Kendra.

Lencho regresó de la mariachada a las siete de la mañana. Venía masomeneado y más arisco que un gato al que quieren bañar. No había sido una buena jornada y su estómago estaba más vacío que la presentación de un libro de dramaturgia. Le urgía que le sacaran el mole para desayunar. Sentía que le daría la pálida en cualquier momento. Kendra ya había corrido seis kilómetros y había ejecutado una rutina para tonificar glúteos. Traía el look de la Tigresa de Oriente: yoga pants de animal print y blusa rosa fluorescente. Así ni cómo confundirlos con los White Stripes.

El jeep apestaba a cigarro y a feromona fermentada de mandril en metanfeta con priapismo.

Cuando llegaron al laboratorio el tipo al que había sobornado Kendra no estaba. Había enfermado de gripa. En su lugar estaba una morra que no sabía nada del acuerdo. Los pasaron a los dos a un mismo cubículo. Al primero que le extraerían la muestra sería Lencho. La última vez que le habían insertado una aguja fue cuando donó sangre para Coquita, la doñita del barrio que cada año organizaba una reliquia en honor a santa Cecilia.

¿Nombre?, preguntó la laboratorista mientras un pasante en bata blanca le ajustaba el torniquete.

Lorenzo Berlanga Montaño.

¿A quién van dirigidos los resultados?

Cómo que a quién, preguntó Lencho.

Sí, a qué médico.

Miró a Kendra sin saber qué responder.

Póngale a quién corresponda, intervino ella.

Por qué se los ordenaron. ¿Se ha sentido usted mal?, preguntó de manera rutinaria la laboratorista mientras capturaba la información en una computadora.

¿Cómo mal? ¿Enfermo?, dijo él.

Sí, mareado, aturdido, con taquicardia o con visión borrosa.

No, rebatió desconcertado. Me encuentro bien.

¿Entonces es por rutina?

No, para complacerla a ella, dijo malhumorado y señaló a Kendra.

Pues debería sentirse agradecido de que se preocupe por usted, lo amonestó la laboratorista. Yo también obligo a mi marido a que se haga un chequeo anual, con lo que traga tengo que monitorearlo para que no se vaya a volver carne de ateroesclerosis.

Chingados, yo sólo vine por el estudio prenupcial, protestó Lencho y se puso de pie justo cuando el pasante le había dicho que sentiría un piquete y que no se moviera.

Se arrancó la aguja del brazo y caminó hacia la salida. Intentaron detenerlo, pero era tan inútil como tratar de frenar a un rinoceronte blanco del norte en celo con un escudo del Capitán América de juguete. El pasante comenzó a perseguirlo con un trapeador. La sangre que escurría de la mano izquierda de Lencho era negra como un carajillo cheiqueado sin cortar. Indicio de que estaba tan sano como un unicornio semental con sobreproducción de testosterona.

Se montó en la troca y se largó directo al Denny's por un desayuno monstruoso.

Su venganza fue cruenta como quedarse en el beis cuando tu equipo pierde por doce carreras y apenas va la cuarta entrada. Desapareció tres días seguidos. En los que no se presentó a mariachear. Si algo ponía nerviosa a Kendra era que se comportara como un pérfido. Y él lo sabía.

Cuando nos peleemos, cógeme aunque no me hables, le repetía ella siempre que reñían.

Kendra lo buscó por todos los bufets de la ciudad. Por las cocinas económicas. Por las pozolerías. Por las loncherías de la central de abastos. Por los pasillos de botanas de los supermercados. Por las cantinas más rascuaches del centro. Pero no lo encontró. Era imposible que a semejante roperón se lo hubiera tragado la deep web. A menos que estuviera hibernando en una cueva a las afueras, no se explicaba su éxito para ocultársele.

A punto estaba de contratar a un detective cuando el puercolodonte regresó. Parecía que le habían pasado por encima mil botellas de bacacho. Apestaba a mercaptano de avestruz con micosis. No se había bañado ni cambiado de ropa. Tenía la camisa manchada de vómito y venía descalzo. Hizo una reverencia y se desplomó en el piso como un rey aquejado por la gota. Kendra llenó un balde de agua, se arrodilló, lo desnudó y le aplicó un baño de esponja. La empresa se prolongó durante cuatro horas. Era una tarea tan ardua como tratar de devolver al mar un misticeto varado.

Dos días después el puercolodonte despertó con antojo de carpacho de venado. Se conformó con cuatro tamales de ensalada de pollo, la especialidad de la mamá de Kendra, y si no los han probado no saben de lo que se pierden. No se trata de ninguna innovación mamona de algún chef de moda, sino de un accidente de una doña tamalera a la que le sobró masa y echó mano de lo primero que encontró en su refrigerador. La evolución del tamal da para una tesis. Es un vehículo de ingenio para la libertad. Se pueden rellenar de lo que sea. De chicharrón prensado. De pay de queso. De víbora en escabeche. De armadillo en adobo. O si es más pa abajo, allá pal sur, hasta de cristiano en salsa molcajeteada.

Dice la ciencia que entre todas las clases de sexo que existen (el trans, el no binario, el tántrico, el *in the city*), el mejor es el sexo de reconciliación. Tiene el superpoder de inducir amnesia entre las parejas. Después de cabalgar al puercolodonte como la reina del jaripeo del estado, Kendra olvidó los agravios sufridos y Lencho las mentadas de madre. Y así, tirados sobre la cama, desnudos y empapados con el sudor de él, se asumieron la pareja más enamorada de la república de Mongo.

Para celebrar que habían apagado la bronca, hicieron una reservación para una cena romántica en un bistró ultrafresa. Lencho, que era enemigo declarado de los restaurantes lujosos, aceptó para demostrar que deseaba llevar la fiesta en paz. Pero para él la cita perfecta era en los caldos de pata. Si en sus manos hubiera estado habría elegido la fonda de la Swinton, la mejor cocinera trans de la zona roja. Sin embargo, el menú de aquella velada corría a cargo del chef Olvera. Kendra era su fan. Y quería hacer de Lencho un foodie. El puercolodonte amaba la comida y sabría apreciar lo que allí les servirían. Estaba convencida de que una vez que probara la cocina de autor se alejaría de las calles. Qué tan difícil podría ser reeducarle el paladar.

Pero los planes no le resultaron. Apenas el mesero le recitó las dos entradas, Lencho torció el gesto. Podía elegir entre hamburguesitas mini en pan de carbón activado o sopes de costilla. Pensó que se mofaban de él. Lo tomó como un insulto, del tipo que padecía cuando entraba a una tienda departamental de lujo y un guardia de seguridad no se le despegaba. La ginebra de frutos rojos de Kendra lo hizo sentirse envilecido. Los sopes, aquí y en el planeta de los simios, se maridaban con un refresco y punto, no salgan con chingaderas.

Se decidió por los sopes y cuando le llevaron el platillo le estalló el buche. Eran tres míseras mirruñas. Del tamaño del fondo de un vaso jaibolero. Nada que ver con las bellezas que vendían en la cenaduría del barrio. Temblaba de coraje mientras masticaba. Le dio un trago a su limonada de cítricos y ya no se aguantó más para hacerla de pedo.

¿Estas madrecitas a cuatrocientos pesos?, protestó. Cómo puede ser posible que me traigas a un lugar fancy a tragar estas pendejadas teniendo a la vuelta de la mera casa un puesto de sopes chingones.

Ya, mi amor, rogó Kendra, disfrutemos de la velada. Mañana comemos donde tú quieras.

Estoy harto, gritó Lencho. Estoy hasta la madre de tus modos. De tu obsesión por culturizarme. Yo no valoro en las personas su profesión, ni su forma de vestir, ni su estatus social o económico, yo valoro a la gente por el amor que le profesa a la cocina humilde. Volteó a las mesas contiguas buscando un cruce de miradas para agarrarse a madrazos con cualquiera, pero ninguno de los comensales levantó la cabeza. Hasta aquí, siguió. Esto ya valió madre. Búscate otro. Alguien que sí quiera que le dirijas la vida. Yo soy feliz tragando. Déjame serlo en paz. No importa que las tiendas vendan ropa que no me quede. Que la diabetes sea la tercera causa de muerte en México. Que retenga más líquidos que la presa Francisco Zarco. Como tampoco importa que todos estén obsesionados con su figura con el afán de subir fotos de sus cuerpos fit a las redes sociales. Que cada día vendan más mermeladas sin azúcar. Ja, qué pendejada. La mermelada *debe* llevar azúcar. Que haya harina de todo, de almendra, de avena, sin gluten. El mundo va a seguir tragando. Y yo con él, los gordos somos otro cosmos, dijo y se largó del restaurante.

Después del performance con el puercolodonte se había autoinvitado a una piyamada en casa de su amiga la Marce. En lo que aguardaba a que se le bajara el encabronamiento a Lencho hornearon mofins saludables, lloraron con el documental de la Brittany Murphy, se pintaron las uñas y coctelearon mezcalitas de jamaica. Pero a la mañana siguiente, cuando salió de su agazapamiento, descubrió que el puercolodonte había acometido abandono de hogar. En su ausencia Lencho había sacado todas sus pertenencias. Retacó su troca con ellas y huyó como lo hace la gente que debe seis meses de renta, de madrugada.

Kendra se desmoronó sin remedio. Toda la seguridad que atesoró durante décadas se esfumó como cuando algún metiche le sopla a la única vela de tu pastel de cumpleaños. Estaba mentalizada para los ataques de Lencho, los sermones, los regaños. Pero no para su desaparición. Se echó sobre la cama sin quitarse los botines. No tenía fuerzas para salir a buscarlo. Además sabía que no lo encontraría. A esa hora ya debía encontrarse en alguna casa de seguridad de uno de los tantos narquillos que contrataban el mariachi cada fin de semana.

No llores, cabrona, se dijo a sí misma. Muérdete un güevo. No llores. Pero las lágrimas se le escurrían de los ojos como la grasa de los taquitos de machitos favoritos del puercolodonte.

Observó sus uñas bellamente pintadas de color melón y decidió que asumiría su condición de abandonada con dignidad. No se refugiaría en la copa. No se tiraría a la depre. No correría detrás del primer gordo que la cortejara. Menos se arrastraría de regreso con Chacho. Su misión era mantenerse ecuánime. Y lo consiguió los primeros tres días. Extrañaba a Lencho, pero apenas presentía que se despeñaría en la histeria se ponía a ejercitarse. Salía a correr, bailaba hawaiano, hacía yoga dinámico. Hasta que el cansancio la vencía y se quedaba dormida.

Pero la cuarta noche no resistió más. La despertó el ruido de la televisión. Debió encenderla sin querer al apachurrar el control con el cuerpo mientras dormía. Repetían un especial sobre el Piporro. Quien aparecía en pantalla acompañado por un mariachi. "Ye ye el abuelo yeyey / Es el abuelo un lagartijo / Porfiriano yeye yeyeyeyey / Que agarra vuelo / En toda fiesta de postín / Y baila rock je / Y también el tuist / Pero no baila dos pasitos / De chotis", alcanzó a escuchar Kendra antes de apagar la tele. Todavía modorra se vistió, se pasó un lipstick color cáscara de naranja gruesa por los labios y salió a buscar pelea.

Me doy asco, dijo Kendra. Asquísimo. Cusca, cusca. Soy una cusca.

Estaba en un hotel de cinco estrellas. A su lado yacía, como un hipopótamo recién sacrificado, un sujeto de una gordura rayana en lo mórbido. Debía de ser un ejecutivo de alto pedorraje porque había botellas vacías de moët por toda la suite. Un ruido como de un coche tratando de arrancar inundaba la habitación. Provenía de una máquina colocada sobre el buró. Del aparato sobresalía un tubo que terminaba en una mascarilla de plástico, la cual tenía el gordo fijada al rostro. Kendra se sacó de onda. Nunca había visto un CPAP para la apnea del sueño.

Ora sí se me treparon las amibas al cerebro, raza, concluyó Kendra. Lo que me faltaba. Una cogida con todo y efectos especiales.

Encontró sus calzones dando vueltas en una de las aspas del ventilador de techo. Bajó a la recepción con los tacones en la mano y escapó de la escena del crimen con la autoestima hecha vaporub. Su último recuerdo de la noche anterior eran los cuatro culatazos de jägermeister que se había acomodado uno tras otro en un bar del centro. Tragos que le enviaba una mesa de puros trajeados. Todos guapos, algunos atléticos, pero estaba esculpido en piedra que terminaría con el único sebáceo de la bolita.

Salió del hotel con la culpa quemándola por dentro peor que si sufriera una severa esofagitis. Tomó un taxi hasta La Copa de Champán, el karaoke infame donde había levantado al mastodonte de la máscara de película de ciencia ficción, pero no recordaba dónde había estacionado su coche. Anduvo como pendeja apretando la llave hasta que cuadra y media más adelante pitó la chingadera. Una multa por no ponerle monedas al parquímetro estaba encajada en los wipis del parabrisas. La estrujó hasta hacerla un amasijo y la tiró al piso. Luego se arrepintió y la recogió. Entró a un oxxo que estaba enfrente y compró una cajetilla de cigarros y un encendedor. Le prendió fuego a la multa y con ella se encendió un cigarro.

Nunca en su vida había fumado. Sin embargo, sentía que era lo que dictaba la ocasión.

Se trepó a su carro y el estéreo comenzó a escupir una canción de los Bukis. "Llega navidad y yo sin ti / en esta soledad / recuerdo el día que te perdí". Era julio y el termómetro marcaba 42 grados a la sombra, pero Kendra sintió un frío lastimador como el que experimentó la única vez que entró a un cuarto frío de una empacadora de carne. Se estaba ahogando por culpa del humo del tabaco. Pero en cuanto se le acabara el primero, seguiría con el segundo y el tercero, hasta matar el paquete entero. Arrancó con rumbo a la plaza de los mariachis. Pero a medio camino se arrepintió. Quería mantenerse apegada a su plan de sobrellevar el macroduelo a la distancia.

Sin embargo, no tenía a nadie a quien acudir que la ayudara a deglutir tanto dolor. No podía contar con Marce, ni con su madre, la culparían a ella. Ni con una clase de meditación, se culparía a sí misma. La única persona en la que podría apoyarse era la doctora Rocha. Viró a la derecha en el bulevar Las Torres y agarró camino hacía el hospital Los Ángeles. No tardó en llegar más de quince minutos. Manejó todo el trayecto a ciento sesenta por hora y se violó varios semáforos en rojo. Por suerte no se topó con la policía.

Se bajó del coche y atravesó el estacionamiento con los lentes de sol puestos, como si recorriera una pasarela, una en la que el sufrimiento le lucía mejor a ella que a cualquier otro modelo. Subió al piso once.

No puede fumar dentro del consultorio, le dijo la secre de la doctora Rocha.

Perdón, dijo Kendra y apagó el cigarro en la suela de su zapatilla.

Las manos le temblaban. Sin pensar lo que hacía, volvió a prender otro cigarro de manera automática.

Señorita, está prohibido fumar dentro del hospital, por favor apague el cigarro, recalcó la secretaria.

Quiero ver a la doc Rocha, dijo Kendra sin obedecerla.

A qué hora es su cita.

No tengo cita.

Mire, le dijo la secre molesta. La doctora no recibe sin previa cita. Si gusta le programo una, pero o apaga el cigarro o le voy a pedir que por favor se retire.

Necesito ver a la doc, se empecinó Kendra.

La doctora no la puede atender. Tiene la agenda llena hoy. Está libre hasta dentro de dos meses. Es la última vez que le digo que apague el cigarro o voy a llamar a seguridad.

Kendra aplastó el cigarro contra un platito de café. Con un movimiento mecánico sacó otro y se lo puso en los labios. Pero no lo encendió. La secretaria bufó exasperada. Abrió la libreta de las citas y le preguntó su nombre.

Esperaré a la doctora hasta que acabe con todos sus pacientes, dijo Kendra.

No se puede, dijo la secre crispada. La doctora me lo tiene prohibido. A ver, cuál es el problema. ¿Una receta? ¿Es lo que quiere?, le preguntó pensando que estaba pasando por un cuadro de abstinencia. Porque prefiero extendérsela y que se marche antes de que la doctora me ponga una cagotiza.

En ese momento se abrió la puerta del consultorio y salió la doc Rocha con otro de sus pacientes. Apenas la vio, Kendra se puso a chillar.

Doctora, le expliqué a la señorita que no podía atenderla, dijo la secre disculpándose.

Kendra, dijo la doc, pasa por favor. Y dirigiéndose a la secre, posponga mi siguiente cita.

Las sospechas de Kendra, de que la única que la podría calmar era la doc Rocha, se confirmaron apenas se encontraron a solas. Las carnes de la doc Rocha surtían un efecto terapéutico en ella. Todavía no escupía ni media palabra de desahogo y ya había dejado de temblar. Como siempre, la doc Rocha se veía sofisticadísima. Por la mente de Kendra volvió a cruzar la idea de que con unas rutinas en el gym se pondría más buena que Scarlett Johansson.

Algunas recaídas son más intensas que otras, es normal, le dijo la doc Rocha. Deberías sentirte orgullosa de todo el tiempo que te contuviste.

Fue asquerosísimo, el tubo de plástico todo nejo, dijo Kendra con repugnancia. ¿Ha visto fotos de cómo se ven los pulmones de los fumadores? Me quiero morir.

La rehabilitación es un proceso, le desmenuzó la doc Rocha. Muy pocos cortan de sopetón. El alcohólico se limpia, luego recae a los dos meses. Se vuelve a mantener sobrio seis meses. Recae al año. Y así hasta que llega el momento en que no toca el alcohol nunca más.

Si Lencho no me hubiera dejado esto no habría ocurrido.

Y quizá vuelva a ocurrir, pero aquí lo importante son los pasos que has dado. Terminaste con Chacho y aceptaste una nueva relación que no estaba basada en el atractivo físico.

Tengo miedo, doctora. Mucho miedo. Nunca me había ocurrido esto. Me siento perdida.

Es natural, te encuentras en shock por la pérdida del objeto amado. Estás en crisis.

No hablo de cualquier miedo, doctora. No ese que sientes cuando vas al cine a ver una película de terror o cuando presientes que te van a correr del trabajo. Que te camine por encima una cucaracha o que te digan que tienes cáncer de mama. Es un miedo que proviene de dentro. Sale de ti, de tu cabeza. Pero no puedes decir exactamente de dónde. La clase de miedo que te orilla a cometer locuras. Sabe por qué hay tanto crimen pasional. Por el miedo a perder al otro. Ese miedo te ciega.

Entiendo cómo te sientes, Kendra, dijo la doc Rocha adoptando un aire de gravedad. Pero no estás sola para afrontar ese miedo. Además de la terapia y la psiquiatría, estoy segura de que cuentas con muchas personas a tu alrededor que te quieren.

No me malinterprete, doctora. No voy a matar a Lencho. Lo que va a pasar, lo que haré, será recuperarlo. Va a volver conmigo.

Y cómo piensas conseguirlo.

Yo tengo mis métodos.

¿Te refieres a algo como el metronidazol?

Eso fue un traspié, no se fije. Esto sí será eficaz.

Nunca hago esto, le dijo la doc Rocha, a veces ni en casos de emergencia. Te voy a dar mi número celular y el teléfono de mi casa. Si te metes en algún problema, por favor llámame. No importa la hora.

No cometeré ninguna locura, doctora. No se preocupe. Cogerse gordos nunca ha sido un delito.

Al salir de aquí te vas a ir a la farmacia, le dijo extendiéndole una receta. La surtes, te vas a tu casa, te tomas un neupax de dos miligramos, te das un largo baño caliente y te vas a la cama.

Gracias, doctora, es un usted un ángel con nalgas, dijo Kendra y salió de la consulta.

En lugar de seguir las recomendaciones de la doc se fue directo a un bar. No se tomaría los ansiolíticos. No quería desconectar, que era lo que le proponía la doctora. Su misión era dispararle un dardo tranquilizador a Lencho antes de que otra cazabestias se le adelantara. Pero no sabía cómo hacerle manita de puerco para que la perdonara. Kendra, siempre tan organizada, tan metódica, no contaba con un plan.

Sentada en la barra, a la espera de que la solución mágica pasara frente a ella como un perro corriendo tras el camión de la basura, se concentró en la película que pasaba por las pantallas del lugar. Era *El club de la pelea*. La escena en la que Edward Norton se pega a sí mismo para extorsionar a su jefe le dio una idea. Acusaría a Lencho de haberla golpeado. No retiraría los cargos hasta que aceptara volver con ella.

Pagó su mezcalita de tamarindo y salió a la calle. Aunque fuera afecta a cachetearse de vez en cuando, se consideraba incapaz de infringirse golpes de tal gravedad. Siempre había sido una persona pacífica, pero sabía en qué lugar conseguir una buena pelea. Subió a su carro y se fue directo al Bugambilia, una cantina de lesbianas que estaba abierta desde las doce del día.

Kendra tenía estupendo ojo para los problemas, así que apenas entró la vio. Era un tomboy de bota vaquera, camisa de franela a cuadros y cartera con cadena que parecería que acababa de estacionar un tráiler de doble remolque y haberse tragado dos kilos de carne seca. Junto a ella estaba su novia. Una muñequita primorosa que parecía haber sido dibujada a lápiz por uno de esos artistas guarros del manga coreano con dos coletas con moño y los labios pintados de color mango con chile.

Todo ocurrió a la velocidad del suicidio. Kendra se acercó a coquetearle a la muñequita.

Piérdete, le ordenó la tomboy.

Kendra la ignoró y continuó de empalagosa. La iluminación del lugar era escasa, pero toda la concurrencia vio los dos enormes brazos de cargador de la central de abastos de la tomboy tomar las greñas de Kendra y estrellarle la cabeza contra sus rodillas. Una vez, dos, tres, cuatro veces. Luego le acomodó una guantada en la mera boca del estómago. Después la levantó sobre sus hombros, como un bulto de azúcar cualquiera, giró sobre los tacones de sus botas y la lanzó contra una mesa. El nocaut técnico podría haberse decretado en ese momento, pero todavía en el suelo la tomboy la remató con la clásica combinación dos jabs, recto, gancho, oper, jab y recto.

Dos lesbianas sacaron a Kendra del bar en vilo y la depositaron a los pies del contenedor de basura de la esquina. Ahí permaneció tirada un largo rato. Cuando por fin se pudo incorporar caminó maltrecha hasta su carro y condujo hasta el ministerio público.

Vengo a levantar una denuncia por violencia intrafamiliar, le dijo a la poli del mostrador.

Quién la agredió, le preguntaron.

Un mariachi, respondió y se limpió la sangre de la boca con un kótex que había encontrado segundos antes naufragando en su bolsa.

¿Un payaso? ¿Qué hace aquí un payaso? Te dije mariachis. Al que buscamos es mariachi. Llévate a este pinche hijo de Vita Uva y jálate a los demás, dijo el guardia.

Uno a uno desfilaron los mariachis hasta la rueda de reconocimiento, cada uno más puerco que el otro, más lonjudo, más estriado. Todos igual de chamagosos, igual de desastrados. Si hubiera sido un concurso de playeras mojadas habría estado muy peliagudo decidir a quién darle el premio por el primer lugar. Una medición de los índices de prolactina habría revelado que el tamaño de varios de los senos ahí congregados no era culpa de la cheve ni de los tacos de moronga.

No es ninguno de ellos, dijo Kendra con desánimo.

¿Está segura, señorita Castañeda Chavira? Todos encajan con la descripción que hizo del sujeto que la violentó, contestó el oficial.

Mi gorrino no está ahí. El mío está certificado con el sello tif lote 7474505B. Hace casi un mes que interpuse la demanda, cómo es que no han podido arrestarlo.

No proporcionó dirección alguna, señorita Castañeda Chavira. No contamos con un domicilio que verificar.

Lo pueden encontrar en la plaza del mariachi, les he repetido hasta el rapeo, puntualizó molesta.

No hay noche que no demos un rondín. O de dónde cree que salió este regimiento de tetones. Tal vez se fue de la ciudad.

Qué se va a ir, si ése no puede vivir sin los tortillones de bistec ranchero de la Providencia. Antes se suicida que alejarse cinco kilómetros del cabrito del Principal.

Entonces, no se preocupe, las cosas caen por su propio peso. Ya lo atraparemos.

Kendra salió de la cárcel municipal con la creencia que albergan todos los mexicanos de que no puede uno dejar nada en manos de la policía. Esperó a que anocheciera y se apostó a una cuadra de la plaza de los mariachis. Su carro quedaba semioculto, se había estacionado detrás de un camión escolar deshuesado, y podía montar guardia a sus anchas. Sacó unos binoculares y se dedicó a vigilar. Para calmar sus nervios se metió una guarda entre los dientes y la mordisqueó con las ansias que siente uno cuando espera un gol de último minuto.

No habían transcurrido las dos horas cuando vio aparecer al puercolodonte. Kendra notó algo distinto en él. El cabrón brillaba. De la cabeza a los pies. No vestía como mariachi. Lucía un traje de luces. Pinche hijo de Armillita. Kendra no pudo negar que se veía matonsísimo. Que se le antojaba cabalgarlo por toda la sierra madre occidental. No tardó en dilucidar que si estaba vestido de torero era porque así engañaba a la policía. Mientras lo confundieran con un matador nunca lo atraparían. Méndigo puercolodonte, lo que le sobraba en tallas extras también le sobraba en astucia.

Minutos después de un taxi bajó una morra toda vestida de negro. Lencho la recibió con un beso en la boca. Kendra sintió cómo dentro de su boca la guarda se partió en dos. Encendió su coche y pisó el acelerador a fondo. Se subió a la banqueta en la que se desperdigaban los músicos y comenzó a llevarse todo a su paso: instrumentos, una pequeña fuente, un puestecito de dulces. Volaron semillas, garapiñados y cigarros sueltos. Casi atropella a un gringo. En las plazas de los mariachis siempre hay gringos. Mariachis y turistas huían de la acera.

Cuidado, que nos carga san Plátano, gritó un vendedor de micheladas.

Lencho amacizó de la cintura a la morra de negro y con un pase de pecho consiguió torear el carro. Kendra perdió el control del volante y chocó contra un carrito de hamburguesas. Perdió el conocimiento en el justo momento en que se activaba la bolsa de aire.

Lencho escapó en dirección opuesta al accidente, sin reclamar las orejas ni el rabo por semejante faena.


Perdón por molestarla a esta hora, se disculpó Kendra con la doc Rocha. Pero usted me dijo que le hablara si necesitaba algo.

No te apures, le contestó. Qué bueno que llamaste.

¿Me van a trasladar al penal?, inquirió, había perdido noción de cuánto tiempo llevaba en los separos.

No. Te van a soltar. Ya nos vamos.

Cuánto llevo aquí.

Treinta y seis horas.

¿Me van a soltar? Pero sí intenté matar a Lencho.

Tú no quisiste matar a nadie. Lencho no va a presentar cargos.

¿En serio? Eso quiere decir que todavía me ama.

No. A ver, Kendra, le dijo la doc Rocha. Olvídate de él. Tú no conoces a ningún Lencho. Sufriste una crisis nerviosa y perdiste el control de tu auto. Por suerte nadie resultó herido. Pagarás los daños y aquí se acabó la historia.

Qué hiciste para que Lencho no presentara cargos.

Su madre padece demencia, como bien sabes. Le prometí dos años de muestras médicas gratuitas.

El guardia llegó y abrió la reja. La doc Rocha entró y se sentó junto a Kendra en la banca de cemento.

Gracias por venir a rescatarme, doctora.

No me agradezcas, tengo una noticia que darte. Ya no voy a poder seguir siendo tu terapeuta.

Pero por qué no, le preguntó Kendra.

Porque quiero invitarte a salir y el código de ética me impide relacionarme con mis pacientes, le respondió y la besó en la boca.

A Kendra no le disgustaron los labios de la doc Rocha. Reconoció, ahí en la vulnerabilidad que le infringía la celda, que siempre se había sentido atraída por ella. Que incluso se le antojaba.

Salieron de la cárcel municipal y la doc Rocha le abrió a Kendra la puerta del copiloto y una vez que la sentó le puso ella misma el cinturón de seguridad.

¿Sabes? Desde la primera consulta me sentí atraída por ti, se sinceró la doc Rocha..

Kendra no respondió. Guardó silencio, hasta que se detuvieron en un semáforo en rojo.

Tú también me gustas, doctora Rocha, le dijo.

Me lo imaginaba, por cómo me mirabas en las consultas. Parecía que me querías devorar.

Kendra no le aclaró que la veía como un cuerpo a perfeccionar. Pero aceptó ante sí misma que ansiaba verla desnuda. Y acariciarla.

Te voy a confesar algo, le dijo la doc Rocha. Cuando se terminaba la hora de la terapia y te retirabas fantaseaba con tener una relación poliamorosa contigo. Yo sé que tú nunca has probado a estar con una mujer así como yo tampoco he estado nunca con un hombre. Pero contigo lo intentaría.

Kendra miró por la ventanilla del carro. Una motocicleta se detuvo junto a ellas. El biker le pareció conocido. Después de observarlo cinco segundos con detenimiento, lo reconoció. Era Chacho. Estaba hecho un puerco. El chaleco de cuero no le cerraba. La lonja se le escurría hasta el motor de gasolina.

La idea del poliamor no me desagrada, reconoció Kendra.

¿Tienes algo en mente?, le preguntó la doc Rocha.

Algo se me ocurrirá, le dijo y sonrió carroñera.

# La biografía de un hombre es su color de piel

(La accidentada y prieta historia oral
de Yoni Requesound)

## *Reparto*

POPOTE: mejor amigo
RONY VERA: guitarrista de Los Requesounds
LUNA JOANA: novia
ROBERTO LIRA: manager
POP SECRET: productor
MAXI ROJAS: crítico musical
BABY SHADOW: grupi y amante
MATUTE: díler

POPOTE: Siempre supe que Yoni sería famoso. Pero jamás pensé que por las razones equivocadas.

RONY VERA: Creí que acabaría como Robert Johnson. Asesinado por un marido cornudo.

LUNA JOANA: La fama fue su perdición. Después de la última gira nos mudaríamos a la playa y se dedicaría por completo a la poesía.

Roberto Lira: Trabajó sin descanso durante años pero el éxito se le negaba. Hasta que se puso de moda por accidente.

Pop Secret: Hará cosa de un año di una charla en una universidad y un estudiante me preguntó por la relevancia de la leyenda de Requesound. Me pidió describirlo en pocas palabras. "Mete en una licuadora a Ryan Adams, Nacho Vegas, todo el Movimiento Rupestre, Juan Cirerol y Chalino, lo que resulte de la mezcla, eso es Requesound".

Maxi Rojas: El periodismo musical hecho en México se ha convertido en un defensor de lo *mainstream*, me dijo la primera vez que intenté entrevistarlo.

Baby Shadow: Todo mundo cree que fueron las drogas, pero lo que en realidad nos unió fue nuestro amor por los gatos.

Popote: Nos conocemos desde los cinco años. Éramos vecinos. Puerta con puerta. Estudiamos la primaria juntos. Y la secundaria. Y unos semestres de prepa. Hasta que desertó. Entonces perdimos contacto. Nunca mostró inquietud por la música. Lo suyo era la poesía. Siempre lo veías con el *Howl* de Ginsberg en la mano. En aquella época todos los morros del barrio querían formar una banda. Los veías cargar con una guitarra de Paracho a todos lados. Yoni no. Él quería estudiar filosofía.

Rony Vera: Un día abrí el periódico y lo vi en la sección de malandros. Lo habían atrapado por robar libros. En la foto aparecía orgulloso mostrando un ejemplar de *On the Road*. Recuerdo que pensé: quiero conocer a este sujeto. Pero pasarían todavía algunos años para encontrarnos.

LUNA JOANA: Nunca mostró interés por la música. Quería ingresar al seminario. Poner su vida en las manos de Dios. Un día se esfumó. No supimos nada de él en años. Su madre me llamaba por teléfono preguntándome por su paradero. Me pareció extraño que nunca lo reportara como persona desaparecida.

ROBERTO LIRA: Es mentira que quería ser sacerdote. Es parte del mito. También es falso que se fue al gabacho a cuidar plantíos de mota. Lo que sí es neta es que vendió su alma al diablo. Porque antes de desaparecer era un desastre con la lira. Y cuando retornó era un guitarrista dotado. Y no firmó un contrato con satán. Se puso a practicar con el instrumento hasta dominarlo. En eso consiste el trato diabólico. En entregarte en cuerpo y espíritu para convertirte en artista.

POP SECRET: En la época en que grabamos su primer disco nos corríamos unas pedas infernales. Una vez que andábamos de amanecida fuimos al menudo, pero estaba cerrado. Me llevó a la casa de su jefita. Doña Hortensia nos preparó una machaca matacrudas. Cuando Requesound se fue a la tiendita por unas caguamas me puse a hojear el álbum familiar. Había una foto suya como a la edad de seis con un micrófono en la mano. Le encantaba "El ratón vaquero", me dijo la doñita. Desde güerco pintaba para chou man.

Maxi Rojas: En cada entrevista manejaba una versión distinta del periodo en que desapareció. Afirmaba que se había dedicado a vagar. Y que cuando se aburrió de la ciudad se montó a trenes de carga como polizonte y conoció todo el noreste del país. Que releía *Meridiano de sangre* de manera enfermiza. En cuanto lo acababa, lo volvía a empezar. Desde hace mucho dejé de obsesionarme con esa etapa de su vida. Desde que escribí aquel perfil para *Rolling Stone*, entendí que todo era mentira, pero que era imposible desenmascararlo. Se creó una mitología personal a prueba de balas.

Baby Shadow: ¿Recuerdan cómo tenía las uñas Bob Dylan en *Don't Look Back*? No he visto nada más asqueroso en mi vida. Dicen que cuando el creador está más comprometido con su arte más grande es el descuido de su aseo personal. Cuando vi por primera vez a Requesound sentí deseos de vomitar. Pero la repugnancia pronto mutó en atracción fatal.

Popote: Yoni amaba la música. Pero el único indicio que vi sobre su futuro como cantante fueron los mixtapes que hacía para cortejar morras. Se quedaba despierto toda la madrugada para grabar mixtapes en cedé que al día siguiente regalaba en la preparatoria.

Luna Joana: Un día se me acercó en la cafetería y me extendió un cedé que decía "Puras chingonas". Me fui a casa y lo escuché varias veces. Con eso me conquistó. Al día siguiente lo busqué por toda la escuela pero no me lo topé. Se había echado la vaca. Una semana después apareció con una ramona de vodka Oso Negro. Si le tomas te doy un beso, me dijo. Yo nunca había probado el alcohol. La botella estaba nueva. La abrí y me pegué un trago. Después de eso fuimos inseparables. Bueno, un tiempo.

Pop Secret: Sí, es cierto, yo tengo uno de esos famosos cedés que grababa Requesound. ¿Sabes lo que cuesta uno de esos en eBay? Un puto dineral.

Popote: Ya me había graduado de sistemas, había comprado mi primer coche y trabajaba en una empresa de software. Un domingo, eran como las cuatro de la mañana, tocaron a la puerta de mi departamento. Era Yoni. Llegó con un guitarra de palo de rosa. Me tocó media docena de canciones. Y dijo que tenía más. Que quería grabar un disco. Me contó que había viajado por el país. Yo no sé nada de música, pero sus rolas me parecieron luminosas. Se bebió todas las cervezas de mi refrigerador, se fumó dos cajas de cigarros y se marchó al amanecer.

Rony Vera: Estaba en El Lugar de los Caminos Muertos, un bar de rock en el que tocaban grupitos locales. No puedo decir que fuéramos una escena, lo cual explica que Requesound fuera el único que triunfara de todo aquel montón de aspirantes a rockstars. Me salí del bar un momento para prenderme un toque. Quizá fue el olor de la fritanga. O la alineación de los astros. Oh, yo no sé. De repente tenía a Requesound junto a mí. Me pidió las tres. Éste es el bato de la galería de malandros, al que atraparon por saquear librerías, me dije. Se sacó un cedé de la bolsa trasera del pantalón, me lo extendió como pago por lo que quedaba de la bacha y se borró. El cedé sonaba fatal. Había cóvers de Neil Young, de José Alfredo, de Nick Drake, combinados con cumbias, corridos, "Te quiero tal como eres", el cóver que hace José José de Barry White, de Disolución Social, todas tocadas a pelo por Requesound. Y al final, en los últimos dos minutos y medio que quedaban había grabado una de sus canciones. La que luego se convertiría en la maqueta de nuestro primer single.

POP SECRET: El primitivismo que se escucha en esa grabación pirata no se puede fabricar. Es talento puro. Lo tienes o no. Requesound no era ningún impostado.

ROBERTO LIRA: No encuentro ni un gramo de genialidad en esas grabaciones caseras, para ser honesto. No me importa lo que aleguen sus *fans from hell*. Para mí son exabruptos inducidos por el abuso de la mariguana. El verdadero potencial de Requesound se desarrolló cuando lo subí a un autobús con destino a la frontera y le di un iPod con *Unearthed*, el box set de Johnny Cash. Después de aquello aprendió a hacer música.

MAXI ROJAS: Lira puede colgarse la medalla, si eso lo conforta, pero él no creó a Requesound. Ya estaba formado por completo cuando se conocieron. Estaba en camino de perfeccionarse. Y lo mismo abrevó de la música de *El guardián entre el centeno* que de *La guerra de las galaxias*. Era una esponja que todo lo fagocitaba.

Baby Shadow: Es una patraña inventada por mi rodilla. Yo no soy ninguna trepa. Si Requesound y yo nos embrollamos fue porque su relación era un infierno. Con Luna peleaba, conmigo se divertía. Yo no lo inicié en la cocaína. Sólo le hice el paro de presentarle al Matute, el mejor díler al que un músico puede aspirar.

Rony Vera: Una noche caminaba por la calle cuando vi que unos sacaborrachos echaban a patadas a un tipo de un bar. Lo reconocí. Era Requesound. Lo habían cachado metiéndose coca en el baño de mujeres, me contó más tarde. Lo ayudé a alivianarse y fuimos a mi casa antes de que apareciera la policía. Vivía en una vecindad cerca de la calle Colón. Prendí la luz de mi cuarto y saqué una botella de sotol. En cuanto Requesound vio mi guitarra se abalanzó sobre ella y comenzó a rasgarla y a cantar: *anger is an energy*, *anger is an energy*. Nos bajamos el sotol entero y escuchamos una y otra y otra y otra y otra vez el *Strangers Almanac* de Whiskeytown. Esa noche decidimos formar una banda.

Popote: Retomamos nuestra amistad, que se había puesto en pausa tras su ausencia. Puedo presumir que fui el único invitado a aquel primer ensayo en la bodega de papel. La primera versión de la banda tenía el formato de dueto. Nos creíamos los White Stripes del subdesarrollo.

Luna Joana: Asistí a unos cuantos ensayos. Pero no demasiados. No les gustaba tenerme rondando por allí. Más adelante, cuando se formó la banda completa, recibían grupis. Así fue como la trepadora esa se coló en nuestras vidas.

MAXI ROJAS: Eran la pareja ideal. El sonido gordo de la guitarra de Rony amalgamaba a la perfección con la voz de perro atropellado de Requesound. Ese canto lastimero pero hosco que alcanzaba a escucharse a manzanas de distancia.

RONY VERA: Las canciones eran estupendas. Pero algo faltaba. La sección rítmica, obvio. Tu corazón es la batería, tu respiración, el bajo, dice un viejo proverbio roquero. Ensayábamos por la noche. Y por el día nos dedicamos a reclutar a nuestros nuevos integrantes. Ninguno de los dos trabajaba. En aquellos años era más sencillo vivir de las dádivas. Un día comíamos en casa de una tía mía. Otro, en casa de un pariente de Requesound. Te hablo de un tiempo en que no estaba tan enganchado a la coca. Cuando todavía probaba alimento algunas veces a la semana.

POPOTE: Los ayudé a pegar anuncios por toda la ciudad. Pero no tuvieron suerte. Audicionaron a unos cuantos músicos pero nunca quedaban satisfechos.

MAXI ROJAS: Es que imagínate lo complicado que era ubicar a gente con su mismo pedigrí. Cómplices que sintieran el mismo amor que ellos por el A. M. de Wilco y que pudieran pasarse la noche entera escuchando los discos acústicos de Bob Dylan sin rechistar y sin pedir que por favor cambiaran el disco por algo menos aplatanado.

RONY VERA: Pasaron meses. Nunca aflojamos, ensayábamos una o dos veces por semana. Comenzamos a desconfiar del maldito futuro. La historia está llena de personas que quieren formar una banda y sale a la calle y se encuentra con otras personas que también quieren formar una banda y entonces se produce la magia. Un día Jeff Tweedy se topó con Jay Farrar y nació Uncle Tupelo. Qué sencillo. Pero cuando no ocurre. Cuando cumples un año y no consigues encontrar compinches que estén a la altura de tus ambiciones comienzas a hundirte. Lo dimos todo por perdido. Incluso pensamos en separarnos. Yo me uniría a un conjunto tropical ya medio establecido, necesitaba el varo, y Requesound se dedicaría a tocar cóvers de canto nuevo en alguna tasca. Entonces, una tarde unos toquidos interrumpieron el ensayo. Eran los gemelos, los Tlacuaches Albinos. El músculo que necesitábamos para conformar la banda que anhelábamos.

POPOTE: Yo estaba ahí cuando los Tlacuaches llamaron a la puerta. Parecía que provenían del Polo Norte, por la cantidad de nieve que traían. Alguien les había informado, nunca se supo quién, que había dos puestos disponibles en una banda cuyas principales influencias eran Rockdrigo González, los Ramones y el alt country.

RONY VERA: Nos bastaron dos canciones para saber que eran los elementos correctos. Ya se hizo la machaca, pensé. Además venían con un plus que no habíamos calculado pero nos encantó. Su vocación de drogadictos era más alta que la autoestima de una Miss Universo. Requesound los amó desde el primer segundo.

Luna Joana: Desde antes de tener una banda, Yoni ya sabía cómo la quería nombrar. Quería que se llamara Los Requesones.

Pop Secret: No deja de ser irónico que eligieran ese nombre, considerando lo que ocurriría después. El requesón es blanco y Requesound era de tez morena.

Rony Vera: Requesound quería que la banda se llamara Los Requesones por nuestra inclinación hacia la coca. Y en honor al material que nos proveía el Moco. Un polvo que lo menos que parecía era polvo. Era grumoso como el requesón. Y te ponía más nervioso que el tráfico en el día de las madres. Además era la clave que utilizábamos en público para drogarnos. Vamos a hacernos un taquito de requesón, decíamos para que nadie nos pidiera de nuestra merca. El plan de Requesound era que todos lleváramos el mote. Así como los Ramones. Yo sería Rony Requesón, él Yoni Requesón, y los Gemelos Requesón. Pero nadie le seguimos el pedo. Nos parecía una mamada. El único que adoptó el mote fue él.

Luna Joana: Yo siempre lo llamaba por su nombre. Fue muy desconcertante para mí cuando me pidió que en público me dirigiera a él como Requesound. Me sentí como una sirvienta.

Rony Vera: Requesones nos parecía demasiado campestre. Estábamos de acuerdo en que queríamos un nombre de lo más terrenal, pero aquél nos resultaba un poquitín desabrido. Así que le introdujimos un toque de modernidad. No se puede decir que no teníamos un nombre sonoro.

Popote: El juego de palabras se le ocurrió a Yoni.

Roberto Lira: Entró y me pidió permiso para pegar un flayer en el aparador. A la tienda de discos venían muchas bandas que me rogaban representarlas. Nunca acepté una petición. No sabía nada del negocio musical. Sólo vendía discos compactos. El flayer anunciaba la primera tocada de Los Requesounds. Hacía muchos años que había dejado de asistir a conciertos. Por aquella época yo trataba de ligarme a la directora de Cultura de la ciudad, una señora copetona obsesionada con el ayuno intermitente antes de que se pusiera de moda, así que como la quería impresionar ese fin de semana, la invité al show de Los Requesounds. Debo confesar que Requesound no me causó ninguna impresión. Parecía cualquier cosa, estibador, vieneviene, lavaplatos, menos el mejor músico de su generación. Tocaron en un bar que durante el día funcionaba como pozolería. En cuanto terminaron su actuación sólo tenía una cosa en mente, y no era seducir a la directora de Cultura, sino meterme en la cama con Los Requesounds.

Baby Shadow: Odiaba que lo llamaran Yoni. Pero ya sabes la gente cómo es confianzuda. Creían que referirse a él por su nombre de pila los haría más cercanos. Él estaba tratando de crearse una identidad musical. Yo fui la primera en respetar eso. En entenderlo. Comencé a frecuentar los ensayos porque una amiga estaba saliendo con el Rony. Requesound apenas si me dedicó un par de miradas. Estoy segura de que comenzó a fijarse en mí cuando introduje al Matute al círculo. Todo cambió después de aquel primer show. Estaban demasiado nerviosos y el Moco, al que le compraban el material usualmente, no contestaba el teléfono. Llamé a Matute y se presentó en veinte minutos. Después de que probaran la calidad, comenzó a brindarme atención. Cómo te llamas, me preguntó. Y a partir de ese día, me convertí en su *shelter from the storm*.

MATUTE: He tenido clientes célebres a lo largo de mi carrera como proveedor de angustia o felicidad, según como lo vea cada uno, pero nunca a nadie tan atascado como ese conjuntito. Si hubieran invertido todo el dinero que me compraron en coca, se habrían montado su propio estudio en un año. Que de dónde sacaban dinero. Yo qué sé.

RONY VERA: Nadie conocía sus nombres verdaderos, lo que encajaba a la perfección con el espíritu de la banda. Para diferenciarlos los llamábamos Tlacuache 1 y Tlacuache 2. Eran unos tipos esmirriados, de ahí su apodo, más blancos que la página cuando sufres bloqueo de escritor, pero eran unas pistolas en lo que a acompañamiento se refiere. Podrías haberlos puesto a tocar con Hendrix en lugar de Band of Gypsys y le habrían seguido el paso, te lo juro.

ROBERTO LIRA: No hay que ser un genio para saber que un grupo necesita salir de gira. Es lo que me dictaba mi nula experiencia. Pero antes, mandé a Requesound a un café cultural en Ciudad Juárez, a que fuera telonero de El Mastuerzo. Las canciones necesitaban madurar. Lo forcé, al no darle nada más, a escuchar al Johnny Cash de la era de *American Recordings* durante todo el trayecto. Lo cual surtió un efecto balsámico. Cuando regresó se quejó con amargura de que hacía tanto frío que los burritos se te helaban a la segunda mordida. Pero introdujo una serie de arreglos en sus composiciones y las rolas cobraron una nueva vida.

Luna Joana: No me permitió acompañarlos a la gira. Pero, a pesar de lo accidentada que resultó, fue positiva. Llegaban y se iban de una ciudad tan rápido que a veces ni tiempo les quedaba para conectar coca. Cuando regresó estaba limpio. Y habría seguido así de no ser por la puta de la Baby.

Baby Shadow: Tenía mucho miedo de que me abandonara. Ahora entiendo que fue lo peor que pude hacer. Pero es que lo extrañaba tanto. Lo recibí con varias onzas del material del Matute.

Rony Vera: Siempre odiaré al puto de Lira, pero no puedo negar que fue un gran movimiento mandarnos de gira. Lo sufrimos un chingo. Había ciudades en las que tocamos para cinco personas, pero en otros lugares, como Zacatecas, metimos doscientos. Nos sirvió para caldear las canciones. Para afianzarlas. Requesound modificó algunos estribillos y viró algunos pasajes instrumentales que nos insuflaron la confianza suficiente para darnos cuenta de que estábamos listos para entrar al estudio. Y los Tlacuaches Albinos apenas llevan con nosotros seis meses. No me costaba imaginar la banda en que nos convertiríamos en unos años. Aunque el viaje haya sido horrible. Dormimos en los peores cuchitriles. Comíamos pura chatarra con refresco. McDonald's, Burger King, Carl's Jr. En ese momento no lo sabíamos, pero los gemelos sufrían de anemia.

POP SECRET: Desde The Strokes el indie había rejuvenecido al rock. Pero en México el indie tardó un década y pelos en implosionar. Requesound pertenece a la primera generación de grupos que no tuvieron que salir de la provincia para armarla. Yo siempre estaba a la caza de nuevas bandas. Y no estaba equivocado. Frente a mí tenía a una de las bandas que refrescarían el panorama.

RONY VERA: Estábamos changándonos unos tacos en Guanajuato, en plena banqueta, y quién se aproxima justo a nosotros. Nada menos que Pop Secret, la leyenda dosmilera, el responsable de que The Strokes hubieran pisado por primera vez nuestro país. Quiero meterme con ustedes al estudio, nos soltó. Casi me atraganto. Requesound apenas si gruñó un chido. Las cosas empezaron a suceder demasiado rápido. Y me entró un poco de miedo. Porque cuando un principio se acelera, también se acelera su fin. Ai ta el ejemplo de los Sex Pistols.

ROBERTO LIRA: En ese momento Pop Secret como productor era el más poderoso dentro de la industria indie.

Nuestro plan era fichar por Universal. Pero queríamos hacer el disco primero. Para que no metieran las narices en el proceso.

Pop Secret: Mi intención nunca fue firmar con una transnacional. El disco saldría en mi sello. Pero Lira comenzó a triquiñuelar. En cuanto se corrió la voz de que yo grabaría a Requesounds los buitres de las disqueras se abalanzaron sobre él y le manejaron unas cifras que lo hicieron babear. La banda se negó. Y ahí comenzaron los problemas entre ellos.

Roberto Lira: Un día vienen y me dicen que se resisten a venderse. A dejarse vampirizar por la industria. Qué chingados. Para eso hicieron una banda. ¿No? Para seducir a las masas.

Pop Secret: Comenzamos a grabar *La cuenca de los spoilers* un domingo a las cuatro de la tarde. Contrario a lo que ocurre con otras bandas, que se muestran recelosas de su intimidad a la hora de entrar al estudio, habían invitado a casi cuarenta de sus compas. Es probable que esto haya influido en la calidad de las interpretaciones. Era como hacer un disco en vivo. Y la fiesta no interfirió para nada en el proceso. Aquellos muchachos amaban la droga, pero amaban más a su banda. Y eso se percibía en la manera en que se entregaban. Nos llevó tan sólo tres días fijar los diez temas. Después la banda se fue de juerga para celebrar. Durante los siguientes diez días no estuvieron sobrios ni un segundo.

MATUTE: No sé nada de música. Y en el momento no entendía la trascendencia de lo que ocurría. Yo estaba en el estudio para facilitar la droga. Años después todavía me contactaban otros músicos que me compraban coca sólo porque yo había estado durante la grabación de *La cuenca de los spoilers*.

LUNA JOANA: No, no estuve presente en la grabación. Estaba demasiada ocupada abortando. Aproveché que estarían ocupados para que nadie se enterara. Lo hice porque no quería tener el hijo de semejante cocainómano. No, no me arrepiento. Habría sido un pedo tenerlo.

BABY SHADOW: Nunca he vuelto a sentir el mismo despliegue de energía como el de aquel día. El estudio parecía un avión que atravesaba una zona de turbulencia tan intensa que todo lo que estaba colgado de las paredes se cayó al piso.

ROBERTO LIRA: No pasaron ni dos meses cuando los invitaron al programa con más audiencia del canal de videos.

POP SECRET: Necesitaba un par de semanas para mezclar el disco. Así que la invitación a tocar en el Vive Latino distrajo a la banda lo suficiente para dejarme trabajar. Y que no me bombardearan con opiniones, cambios y sugerencias. Entre los ensayos y el viaje de la banda, yo me clavé en la consola. Cuando terminé sabía que lo habíamos conseguido. Que aquél no era un disco más, que acabaría por convertirse en un referente. Pero ignoraba por completo lo que ocurría a mis espaldas. Cerré el estudio y me fui a mi hotel. Llevaba setenta y dos días sin dormir. Me tomé un rivotril de dos microgramos y me desmayé un día entero. Hasta que me despertó aquella maldita llamada sobre la tragedia.

Rony Vera: Los Tlacuaches Albinos no lo pudieron procesar. Imagínate que un día estás en el backstage y viene Saúl Hernández y te dice que le encanta tu banda. Así funciona el rock: un día estás tocando en un bar de mala muerte y al siguiente te empedas con tus héroes. Requesound estaba preparado para ese shock. Los Tlacuaches Albinos no. Se emocionaron tanto que pasaron la noche sin dormir, esnifando coca de Tepito. Cuando se les terminó consiguieron una sin cortar. Y eso los mató. Nos convertimos en la banda más efímera de la historia.

Pop Secret: Estoy seguro de que el cabrón de Lira se robó los masters. Prefería que se perdieran antes que permitir otro trato que no fuera con Universal.

Roberto Lira: Se metieron a robar al estudio. Se llevaron equipo, computadoras, instrumentos. Y el disco de los Requesounds. Pop Secret quiso culparme de autoasalto. Pero la investigación me absolvió. A ver, me quedé sin banda que representar de un segundo a otro. Ni el mejor mago de la historia habría logrado igualar ese truco: desaparecer en unas horas a dos integrantes y el disco de la banda.

Baby Shadow: Se suponía que después del Vive el siguiente paso era la cima, pero la vida los hizo pedazos.

Rony Vera: Para Requesound fue devastador. Se sentía culpable. Estaban bien morros los Tlacuaches Albinos. Eran como seis años menores que nosotros. Se tragó la versión de Lira. Creía en su inocencia. Yo no. Para mí que el culero tiene todavía los masters enterrados en alguna parte. Era demasiado doloroso para Requesound todo lo que ocurría como para preocuparse por el paradero del disco. Semanas después tuvimos un par de reuniones y acordamos no continuar con la banda. De dónde sacaríamos otros musicazos como los Tlacuaches Albinos. No tenía sentido hacer audiciones. Eran irremplazables. Es como Led Zep, después de la muerte de Bozo, nadie estaba a la altura para suplantarlo. Pop Secret estaba convencido de que podíamos replicar el disco. Que si entrabamos al estudio podríamos regrabarlo todo de nuevo y no notaríamos la diferencia. Pero Requesound ya no quiso saber nada de la música.

Luna Joana: Nada le sentaba tan fatal a Requesound como la oscuridad de los domingos y el *blue monday*. Ingresó a la clínica de rehabilitación un sábado por la mañana. Era el primero en muchos años que no pasaría con la guitarra en su regazo.

Rony Vera: Nunca pensé que se anexaría. No estaba en su ADN. Pero si Johnny Cash le había dado la espalda a las pastillas y había abrazado a Dios todo era posible.

Roberto Lira: En cuanto pasó el periodo de aislamiento duro lo visité a diario. Lucía abatido. Creo que la muerte de los Tlacuaches Albinos le dolió más que si hubiera perdido a un hermano. Ellos eran su familia. Una tarde me topé con la sorpresa de que lo habían dado de alta. Lo busqué en la privada Rayón, en el departamento en que había vivido los últimos cinco años, se había mudado. Nadie sabía su nueva dirección.

RONY VERA: Supe que se había limpiado. Pero no a qué se dedicaba, ni dónde vivía. Rompió todo contacto con el mundo. A mí no me quedó de otra que convertirme en músico de sesión.

BABY SHADOW: Esperaba que me llamara. Nunca lo hizo. La pasé horrible. Me sentía una *loser*. Al final, la mosca muerta de Luna había ganado.

POPOTE: Me enteré de todo el desmadre que le ocurrió a la banda. Lo visité en la clínica de rehabilitación. No sabía qué hacer. Si seguir una carrera solo o renunciar. Conocía a Yoni de toda la vida. Me extrañó que no me llamara cuando lo dieron de alta. Supongo que necesitaba tiempo para reamueblar su cabeza.

LUNA JOANA: No hay nada interesante que decir de aquellos años. Sobrevivíamos con mi sueldo. Trabajaba como correctora de estilo para una editorial de libros de viajes. Hacía la chamba desde casa. Nos la pasábamos encerrados. Requesound, que todavía se emputaba si le decía Yoni, se dedicaba a leer. Decía que estaba escribiendo un libro de poemas. Pero sería en su cabeza porque yo jamás lo vi mover un dedo. Engordó diez kilos y siempre se mostraba melancólico. No era la gran vida, pero al menos teníamos paz. Y no había grupis. Ni cocaína. Ni aduladores.

Maxi Rojas: Cuando lo entrevisté para el perfil no pude sonsacarle información de sus actividades después de su reclusión tras la muerte de los Tlacuaches. Se limitó a decirme que había hecho lo que siempre había querido: leer los siete tomos de *En busca del tiempo perdido* y *Don Quijote de la Mancha.*

Pop Secret: Cinco años después recibí un correo electrónico de Requesound. Contenía un número telefónico. Llámame, era todo el mensaje. Pensé que era una broma. Años de silencio y de repente se materializaba. Lo ignoré. Una noche me descubrí viendo en YouTube la presentación de los Requesounds en el Vive Latino. Era de madrugada. Pero sabía que tenía el hábito de desvelarse. Me contestó él. Reconocí su voz al instante. Dos días después tomé un avión y fui a visitarlo.

Luna Joana: Pensar que nuestra estabilidad como pareja duraría para siempre era una puñeta mental. Un día el duelo terminó. Requesound se consiguió una guitarra y se puso a componer como poseído. Y volvió toda la mierda que creía sepultada.

Popote: Así como a veces la droga o el pisto te entran chuecos, a veces la realidad es la que te entra chueco. Y contra ello no hay más remedio que replegarte, entrar en modo avión. Yoni se recluyó en los cuidados de Luna así como otros que han sufrido traumas ingresan por su propio pie en un manicomio y piden un cuarto como si de un hotel se tratara. Una vez que superó el duelo, estaba listo para desenfundar sus canciones.

RONY VERA: No me trago esa historia de que estuvo cinco años de vaquetón. Cuando Lira me contactó para decirme que Requesound había resucitado y quería verme, pensé que reformaríamos la banda. Pero no. Resulta que se lanzaría como solista y quería que yo fuera su chalán. Me negué. Cambié de opinión cuando escuché sus nuevas canciones. Por eso no me trago el cuento de que en cinco años nomás se estuvo rascando las bolas. Así era Requesound, se enjaulaba para trabajar hasta perfeccionarse, hasta que su producto estuviera listo para ser mostrado al mundo. Si las canciones para Requesounds eran buenas, éstas eran diez veces mejores. Se percibía que había madurado. Nadie puede componer ese tipo de canciones sin dejarse la piel.

ROBERTO LIRA: Quien me llamó fue Luna, no él. Me citaron en un café. Requesound quería sepultar el pasado. Dijo que sabía que yo no había robado los masters del disco. Me pidió que volviera a representarlo. Que trabajaría con Pop Secret, pero que no me preocupara, que él lo convencería de no meterse conmigo. Acepté sin reparos. Seguía pensando que era el mejor músico de los últimos tiempos. Y a quién no le gustaría trabajar con los mejores.

RONY VERA: Nos reunimos a ensayar y parecía que no hubiéramos dejado de tocar juntos ni un día. No le hice reproches. Ni por el silencio. Ni por el destierro. Quizá pensó que si me mantenía en su círculo trataría de disuadirlo para que se colgara el talí. Respeté su necesidad de alienarse. Creo que eso le permitió incubar la confianza suficiente para volver a buscarme. Lo que no me esperaba era a las personas que aparecieron por la sala de ensayo de sopetón. Nada menos que Baby Shadow y el Matute.

BABY SHADOW: Le perdoné todo. Y corrí a sus brazos. El teléfono tenía sonando varios días. Como no reconocí el número pensé que era el jurídico del banco, tengo la tarjeta saturada hasta el tronco. De milagro no cambié el número en esos años. No sé qué extravío más, si celulares o lentes para sol. Pero el número había sobrevivido. Cuando escuché su voz se me salieron las lágrimas. Soy Requesound, me dijo. Ya sabía que era él. Chinga tu madre, respondí y le colgué. Lloré como una hora, hasta vaciarme. Me desahogué y le regresé la llamada. Me preguntó si tenía el nuevo número de Matute. Y que si podríamos vernos. Yo sabía que era un ermitaño. Y siempre había pensado que acabaría sus días recluido en un monasterio. Así que no lo culpo por haberme abandonado. Lo único que importaba ahora es que había reaparecido.

POP SECRET: La grabación de *Por ti seré la carne hostil* ha sido una de las satisfacciones más grandes que me ha dado la música. No pude evitar preguntarme si este disco existiría si la historia habría sido distinta. Tal vez si el disco de Requesounds hubiera sido lanzado, él habría encontrado la concentración para escribir estas canciones, como le ocurre a muchas bandas en las giras.

MATUTE: Aquellas sesiones no habrían sido las mismas sin la cocaína.

RONY VERA: Lo que me pareció admirable de *Por ti seré la carne hostil* fue la capacidad de Requesound para tomar todo el dolor amasado, expoliar sus influencias y convertirse en un *storyteller* consumado. Era como si hubiera vivido muchas vidas.

POP SECRET: Cuando terminamos el disco estaba seguro de que había capturado uno de los regresos más impresionantes de la historia del rock en español. Más que resucitar, Requesound había renacido.

LUNA JOANA: Mi temor más grande era que consiguiera todo lo que se merecía, que se encaprichara con la coca y tuviera el dinero suficiente para comprar toda la droga de la ciudad. Y que eso lo lanzara a una espiral de adicción que lo condujera a la sobredosis. La historia de la música está repleta de seres como Requesound, que son destruidos porque pierden el control de la sustancia que supuestamente manejan con riesgo calculado. Pero ocurrió lo contrario. Fracasó y creo que eso le salvó la vida.

POP SECRET: Era para no dar crédito. *Por ti seré la carne hostil* era el nuevo *Hurbanistorias*. El nuevo *Primera calle de la soledad*. Pero la gente no lo entendió. Es increíble que en estos tiempos, donde existe público para todo,

este disco no encontrara su audiencia. Decir que es brillante es quedarse corto. Es todo lo que un disco debe ser
para erigirse como un clásico.

Popote: Escuché el disco. Me pareció impecable. Crudo
pero sofisticado. Era más que una colección de canciones, era un *Varanus komodoensis* corriendo hacia ti a la
velocidad del abismo.

Roberto Lira: La portada me parecía perfecta. La foto del
dragón de Komodo reflejaba el contenido del disco. Decía: este animal te va matar, pero tú mismo te vas a cerce-
nar tus miembros para alimentarlo. Requesound era ese
dragón, llevaba mucho tiempo hambriento.

Rony Vera: Estábamos ansiosos por mostrar el nuevo repertorio. Habíamos actualizado versiones de los Requesounds para un par de encores. Pero la gente no respondió.
A nuestras tocadas no acudían más de dos personas. Al
principio nos consolábamos con la idea de que las cosas
mejorarían. Creíamos que en cuanto se corriera la voz la
situación sería distinta. Pero no fue así. Nos aferramos
mortalmente a continuar con lo maquinado. Si teníamos
que picar piedra, lo haríamos. Sabíamos que era un asunto escurridizo, pero había que talachear y esperar, esperar y talachear. Y a un cocainómano no le puedes exigir
paciencia. Para él la vida transcurre a otra velocidad. La
desesperación se apoderó del mood de Requesound y comenzó a amenazar con que se suicidaría si no conseguía
despegar. Lo peor que puedes hacer con una *red flag* es
ignorarla. Así que nos pusimos a trabajar.

Luna Joana: Requesound se deprimió terrible. Para una persona de su talento es una tortura llevar una vida común y corriente. Y la única manera que tenía de escaparse de ello era la música.

Pop Secret: *Por ti seré la carne hostil* lo publiqué en La Moral Subacuática, mi propio sello. Para mí era el disco de la década. Y nadie me convencería de lo contrario. El disco tenía potencial comercial y a la vez no traicionaba su esencia punk. Lira fue a tocar la puerta de Universal, de Sony, mandó el disco a Matador, pero nadie se interesó. Ante la presunción de suicidio, la solución que encontré fue volver a meternos al estudio.

Rony Vera: El siguiente disco, *Aromaterapia para rinocerontes*, me parece mejor que el primero, aunque la crítica asevere lo contrario. Si algo le sobraba a Requesound eran buenas canciones. Tengo material en la cabeza para diez discos, me confió. Y eso fue lo que hicimos los siguientes años. Grabar a un ritmo frenético. Pero sin presiones de ningún tipo. Ya no queríamos conquistar el estrellato. Queríamos sacarnos de dentro toda la rabia acumulada.

Matute: Prescindieron de mis servicios por falta de liquidez.

Luna Joana: Qué alivio fue que no tocara fondo en la droga. No habría durado ni dos años antes de que le diera un infarto.

Pop Secret: Dudaba todo el tiempo. Varias ocasiones me dijo que quería parar, pero no se lo permití. Registraría hasta la última de sus canciones. Me sentía yo una especie de Alan Lomax. Había que rescatar todas esas melodías. Y ya ven que no estaba equivocado.

Maxi Rojas: Demos gracias a Dios por la terquedad de Pop Secret. Que se emperró en grabar todo aquel material.

Roberto Lira: Siempre hay foros donde tocar. El problema no era ése. Por alguna razón que desconozco, las canciones son estremecedoras, pero al público no le interesaban. Todos esos años invertidos en la música no rendían frutos. *Life is a bitch.*

Luna Joana: El dinero ya no alcanzaba. Tienes que buscar trabajo, le dije a Requesound. Creo que a partir de entonces comenzó a verme como la mala de la película.

Baby Shadow: Me rompía el corazón verlo tan infeliz. Sólo lo alegraba la coca. Le brillaban los ojos cuando me veía arribar con una bolsa al ensayo. Nos metíamos, pero ya no como antes. Sólo unas rayitas para mantenernos despiertos.

Rony Vera: Nunca dejamos de juntarnos para ensayar. Cualquier cosa era mejor a quedarse todo el día echado con las cortinas cerradas y mascando techo.

Roberto Lira: Existe una clase de músico que no puede concebir su vida sin droga. Requesound pertenece a esa tribu. Y como no tenía dinero no le molestaba que Baby Shadow le patrocinara la coca. Y como era en época de pandemia era difícil conseguir merca. Pero no para Baby Shadow. Se había metido al bisne de las *sex cam*. Se masturbaba en su habitación frente a su computadora y ganaba buena lana. Era el home office ideal.

Pop Secret: La vida es injusta. La vida es culera. Pero también a veces también es benevolente. O sea, te madrea, te tritura. Pero algunas ocasiones, cuando ya estás en el piso, te levanta. La hecatombe se produjo por culpa del actor Nabor Heráclito. Lo invitaron al programa más popular del país a promocionar su más reciente película y cuando le preguntaron por su disco favorito respondió *Por ti seré la carne hostil*.

Roberto Lira: Desde hacía tiempo se venía orquestando la campaña Prieto Power. Nabor Heráclito era su rostro más visible. El fin de dicho movimiento era empoderar a personas de tez morena. Conminarnos a los mestizos e indígenas a sentirnos orgullosos de su condición. Había llegado el momento de charolear con nuestras raíces.

Baby Shadow: Todo mundo comenzó a preguntarse quién era Requesound.

Rony Vera: El sentido común de Pop Secret le había dictado que debía subir las grabaciones completas de Requesound a Spotify. Es un tipo sabio. Cuando el mundo por fin estuvo preparado para Requesound estaba al alcance de todos.

LUNA JOANA: En unos cuantos días ganó más de cien mil seguidores. Así de ridícula es la puta realidad.

POPOTE: Requesound lo aborreció desde el principio. Quería que a la gente le agradara su música por lo que valía, no por el color de su piel.

POP SECRET: Recompensa. Llevo toda mi vida en el mundo de la música y de los cientos de bandas que surgen cada año, cada mes, cada día, sólo unas cuantas obtienen una recompensa. Sí, es cierto, todos los días vemos grupos nuevos, decenas si tú quieres, pero por cada uno de ellos hay veinte que se quedaron en el camino. A nosotros por fin la vida nos premió. No es que lo hubiera dado todo por perdido, me había resignado a que quizá Requesound no sería descubierto. Ocurre todo el tiempo. Músicos muy talentosos que pasan al olvido. Por suerte no fue el caso.

ROBERTO LIRA: Todo sucedió demasiado rápido. Comenzaron a ofrecernos espacio en los principales foros del país. Por supuesto que acepté todos los compromisos. A ver, qué era mejor, tocar en el Lunario o seguir todos en la bancarrota espiritual por la falta de oportunidades.

POPOTE: De ser ignorado por el vulgo e ir a pie por las tortillas sin que nadie te reconozca a recibir toda la atención de los medios debe ser shockeante. En lugar de una inmensa felicidad lo que veías en la cara de Requesound era puro espanto.

Pop Secret: Por supuesto que experimentaba el síndrome del impostor. Cómo no sentirte así cuando te alaban por la lotería genética y no por tu arte. Pero no podíamos desaprovechar el *hype*.

Roberto Lira: Lanzamos en vinil los dos primeros discos y se terminó el tiraje en un par de meses. Rodamos dos videoclips. Requesound apareció en los principales programas de televisión, fueran de música o no, de chismes o noticiosos. Y en todos se le notaba incómodo. Desencajado. Con ganas de salir huyendo.

Maxi Rojas: Es que imagínate, toda la vida en desventaja por el color de la piel, por la condición social, por el nivel económico, y que de la noche a la mañana eso que toda tu vida te oprimió ahora fuera tu mayor virtud. Cómo no iba a estar nefasteado.

Baby Shadow: No lo pudo soportar. Hay personas que han ido a parar a la cárcel sólo por su tez oscura, me dijo.

Pop Secret: El problema era que en todas las entrevistas, menos en la que le hizo Maxi Rojas, nunca se tocó el tema de las canciones, que eran prodigiosas. Siempre le preguntaban lo mismo. Si había sufrido discriminación. Si había sido víctima de racismo. Qué significaba para él ser moreno. ¿Se sentía estigmatizado? Acabó hartándose muy rápido.

Roberto Lira: Requesound era un músico dotadísimo, pero no sabía venderse. Lo que debió hacer fue nadar de muertito. Explotarse. Reforzar esa imagen que la opinión pública se hizo de él, la del morenazo que escapó de la pobreza gracias a su música.

Rony Vera: Quería ser apreciado por su arte. Cualquier otro se habría encontrado a sus anchas como abanderado del Prieto Power, pero Requesound no. Deseaba ser valorado como músico.

Luna Joana: Se tiró gacho a la copa. En el pasado, siempre que tenía broncas acudía a mí para recargar pilas. Pero ahora había optado por abrazarse a la botella.

Matute: Me llevó de gira para asegurarse de que nunca le faltara la merca. La necesitaba más que nunca. Se ponía unos pedos mundiales y la única manera de recuperarse era cortándosela con unas orugas albinas.

Rony Vera: Lo atacó el síndrome Amy Winehouse. Subía hasta la madre al escenario. Daba lástima. Se le olvidaba la letra de las canciones, trastabillaba. Pero el público no lo juzgaba. Cuanto más desastrado se veía, más aplausos recibía. Ya había sido absorbido por la maquinaria, por el *mainstream*, la gente acudiría a sus conciertos así duraran cinco minutos. La gente pagaba por verlo autodestruirse. Lo más importante, las canciones, pasaron a último plano. Para la masa era un prieto, como la mayoría de ellos, que habían sufrido una vida llena de dificultades. Se solidarizaban con ese sentimiento. Que por otra parte Requesound no tenía. Si se caía del escenario por borracho nadie lo criticaba porque si estaba en ese estado era porque estaba sufriendo. Porque cargaba con la desgracia de ser prieto.

MAXI ROJAS: La gota que derramó el vaso fue la portada de *Rolling Stone*. Me dieron la encomienda de que lo entrevistara, pero nadie me dijo que saldría en la portada. Sabía que odiaba victimizarse. Se rehusaba a beneficiarse de la situación. No me gusta que me compadezcan, Maxi, expresó con amargura. Hablamos de música, de su gusto por leer la Biblia, de su deseo de retirarse a la playa a escribir un libro de poemas y de su pasión por la pintura, quería experimentar con óleos. "Requesound: un prieto en aprietos", decía la leyenda en portada. La foto se la habían sacado en el monumento a Juárez. Todo había sido muy maniqueo. Me acusó de haberlo traicionado. Habíamos hablado de la posibilidad de ser el guionista de un documental sobre su figura que Lira pretendía rodar.

POP SECRET: *Rolling Stone* siempre en su papel de villano, teeeepeco.

RONY VERA: Estaba muy desilusionado. Aunque venderse había pasado de moda, Requesound se habría vendido, sin pensarlo, pero por las canciones. No por las convicciones de otros.

ROBERTO LIRA: Después de dieciocho meses en la carretera me dijo que quería parar. Traté de convencerlo de lo contrario. No sé cómo me dejé embaucar. Me lavó el coco. Me convenció de que necesitaba descansar. De que haría una pausa y luego entraría al estudio con Pop Secret. Le creí.

POP SECRET: Habíamos acordado hacer un disco nuevo con todos los versos que había garabateado entre viajes. Me dijo que quería publicar un libro con sus letras. Estaba lleno de proyectos. Pero por otro lado estaba exhausto de que la gente en la calle se acercara a decirle que también había sido marginada por su color de piel.

ROBERTO LIRA: Pactamos una última presentación. En Vive Latino. A Requesound el festival lo ponía nervioso. Por la pasoneada de los Tlacuaches Albinos. Pero no haría las paces consigo mismo hasta que no enfrentara a sus fantasmas. Salió acompañado por Vera, acordeón, bajo sexto y tololoche. Llevaba consigo una guitarra de juguete, de las que venden en los cruceros. Tenía cuerdas de nailon y era imposible de afinar. Pero la habilidad de Requesound consiguió sacarle los primeros acordes de "El maldito amor que tanto miedo da", la canción que le dedicó a Luna. Todo el setlist se lo pasó corriendo de un lado a otro del escenario como si fuera Dave Gahan. Derrochaba la energía de un atleta. Era la coca. Pero además había mucha rabia por la condescendencia con que la gente lo trataba sólo por ser moreno. Antes de la última canción se paró frente al micro y encaró al público. Mi nombre es Requesound, dijo, y no abandero ninguna causa. Ni la de los prietos, ni la de los fifís, ni la de los chairos. La única causa que apoyo es la música, dijo y estrelló su guitarra contra la batería, contra los monitores, contra el piso mientras el público lo ovacionaba como si fuera el mismísimo Billy Bragg. Fue épico.

LUNA JOANA: Después de su actuación en el Vive se recluyó en una casita en el ejido La Loma, a dos horas y media de la ciudad. Alegaba que necesitaba recluirse. Soledad. Me prometió que en cuanto recargara pilas me mandaría llamar.

BABY SHADOW: Se merecía tranquilidad. Ya no tenía miedo de perderlo. Sabía que cuando se repusiera me pediría que me reuniera con él. Mientras esperaba, continué con mi empresa, desnudarme todas las noches para desconocidos que me hacían transferencias bancarias por cosas tan aburridas como embarrarme crema batida en los pies.

MATUTE: Lo visité un par de veces en su nuevo domicilio. Nunca me dejó entrar.

RONY VERA: El ejido parecía abandonado. No había internet. Era lo que él quería. La aridez total.

MAXI ROJAS: Desde que llegó al ejido no lo vieron con buenos ojos. Me lo contó una vecina cuando fui a investigar. Allí vivía pura gente humilde, que en cuanto vio el carro del año se puso a desconfiar. Es normal que esta gente vea con rencor a alguien que se ha elevado por encima de toda aquella miseria. Requesound no era dado a los excesos, no a los de este tipo, pero siempre había deseado un Mazda 3 y apenas ahora se le había cumplido.

ROBERTO LIRA: La culpa fue mía. Debí poner un guardaespaldas a vigilarlo. Sin avisarle, claro. Requesound nunca lo hubiera permitido.

POP SECRET: Pidió amnistía de seis meses. Pobre, ni un mes pudo estar tranquilo.

MAXI ROJAS: Fue por culpa de una discusión sobre música.

POPOTE: Wikipedia tomó la única versión de su desaparición del reportaje de Maxi Rojas.

MAXI ROJAS: Según los vecinos Requesound se sentó una tarde a tocar la guitarra en la fachada de su casa. Era el cumpleaños de un fulano que tenía fama de violento, pero Requesound no lo sabía. Un niño corrió a darle el recado. Lo solicitaban de la fiesta para que amenizara con unas canciones. Por más que le doy vueltas no concibo que haya aceptado. Me imagino que tenía unos deseos muy grandes de convivir con personas que desconocieran su identidad. Que si tocaba la guitarra se mimetizaría con el ejido, con aquella gente. Durante una hora más o menos tocó rolas de Juan Gabriel, Antonio Aguilar, José Alfredo. El fulano que se festejaba estaba ebrio. Le hizo una petición que Requesound se negó a cumplir. Quería que le tocara "Por tu maldito amor". Requesound profesaba un amor por la música sin reservas, pero si alguien no le gustaba era Vicente Fernández. Pídame las que quiera, don, le dijo al fulano, menos de ese güey. Indignado, el sujeto sacó una pistola y se la puso en la cabeza. Tú, refiere una vecina que le dijo, pinche riquillo, vienes aquí, invades nuestra tranquilidad con tu dinero y resulta que no te merecemos, que nuestra música no vale. Así son todos ustedes los pudientes. Pinche bola de ojetes. Siempre pisoteando al pobre. Pues ahora la vas a cantar. No me la sé, respondió Requesound. Pues me vale madre, le dijo, tú ráscale a la guitarra y yo la entono. Y Requesound tocó vaya a saber qué acordes con la pistola en la sien por varios minutos. Cuando terminó se despidió de la peda y desde entonces nadie lo ha vuelto a ver.

Roberto Lira: Setenta y dos horas después lo reportamos como desaparecido.

Popote: Se refundió en medio de la nada para escapar de lo estereotipado. Debió de dolerle mucho que aquella gente lo acusara de burgués. Precisamente a Requesound, que vino desde abajo y siempre se mantuvo humilde.

Rony Vera: Pensé que alguno de estos años se pondría en contacto conmigo. Todas las madrugadas checo mi correo con la esperanza de que un día tenga un mensaje suyo. No he perdido la esperanza. Si la campaña de Prieto Power lo catapultó a la fama, su desaparición lo ha convertido en una leyenda. La tragedia es una sangre que las personas olemos como tiburones. Y es triste que fueran precisamente esas dos cosas las que destruyeran a Requesound. Su color de piel y la música. Su respuesta ha sido pagar con la moneda del silencio. Según la ley tienen que pasar diez años para que una persona desaparecida sea declarada oficialmente muerta. En dos años se cumple una década de que Requesound se fantasmeó. En las redes corren rumores de que cuando se cumplan los diez años dará un concierto en la azotea de un edificio de la Ciudad de México. La verdad, no lo creo. Son habladurías de unos fans de hueso colorado que se dedican a engordar el mito de Requesound. Los rumores son una maquinaria a la que nunca se le acaba la batería. Muchos afirman que se fue a la costa de Guerrero y vive de vender collares jipiosos. Otros aseguran que lo han visto vagar por las calles de la India. El que me parece más aterrizado es aquel que dice que vive en una casita en un pueblito perdido del norte. Una vez pasé por ahí, mientras estaba de gira como guitarrista de Gloria Trevi. Me paré frente a la puerta, pintada con una bandera jamaiquina. Pero no me atreví a tocar.

# El menonita zen

Se desahogó de las gastadas botas vaqueras, colocó el sombrero resistol todo sudado en el piso, que osciló como una tortuga panza arriba, se desabrochó el overol de mezclilla y se desparramó sobre el cudegui zafu.

Cuca, la guía, hizo sonar el rovtop y comenzó la clase.

Comencemos por adoptar una postura cómoda, indicó. Que nos permita estar atentos y relajados. La espalda erguida. El resto del cuerpo blandito. Ahora realizaremos tres inhalaciones profundas. Permitamos que el aire llegue hasta la parte baja del abdomen, que se llene todo el torso. Y al exhalar podemos dejar ir toda la tensión, la ansiedad, con un suspiro de descanso, de alivio.

La sede de Casa Tíbet de Ciudad Juárez estaba abarrotada. Boni había ocupado el único espacio que quedaba vacío. Era tal el apretujadero que el olor a queso echado a perder que despedía el cuerpo de Boni comenzó a incomodar a los otros practicantes.

Por un momento démonos la oportunidad de descansar, continuó la instructora. Una mujer de sesenta y tantos años, el cabello blanco por completo y unos lentes de pasta que lucían fuera de lugar para una persona de su edad.

Descansemos al cuerpo y a la mente, incitó. No buscamos acallar a nuestra mente, cambiarla, modificarla. Descansa tu mente tal y como es. Tal como está.

Ninguno de los presentes, ni siquiera la instructora, eran capaces de conseguir una flor de loto decente. Todos mantenían los ojos cerrados, pero si los abrieran descubrirían rictus de padecimiento o incomodidad en cada rostro. Por culpa del esfuerzo, de la dolencia en alguna articulación o por un simple calambre.

Todos, excepto Boni, que había conseguido una flor de loto perfecta. Y era la primera vez en su vida que adoptaba tal postura.

Deja que la parte baja de tu cuerpo se asiente y que se sienta estable como una montaña, continuó la sesión. Permite que la parte media del cuerpo esté suave, internamente suelta, como si estuviera hecha de algodón. Y la parte alta del cuerpo, el cuello y la garganta, la cara y la cabeza, ligera como un arcoíris.

Perdón, se excusó una morra del tipo buchona intelectual.

Los asistentes voltearon a verla sacados de onda. Era la primera vez que alguien se atrevía a interrumpir una clase.

Qué ocurre, consultó la guía serena.

Es que huele a podrido aquí. He tratado de aguantarme. Pero no me puedo concentrar. El olor es insoportable, contestó la chavalona.

Entonces la instructora se clavó en el menonita.

Cómo te llamas, güerito, le preguntó.

Benito Bonifacio Reyes, señora. Pero mis amigos me dicen Boni.

Qué haces aquí, le curioseó sin la intención de menospreciarlo. Su presencia la desconcertaba. Era la primera ocasión en sus veinte años al frente de Casa Tíbet que acudía a prácticas un menón.

Quiero ser mahout.

Qué es un mahout, intervino otro asistente, un gordo exalcohólico que exudaba la superioridad moral de aquellos que han conseguido renunciar a la bebida.

Un domador de elefantes, respondió Cuca.

El desagrado general hacia Boni impregnaba toda la sala. Hasta en la escultura de Buda podía atisbarse una mueca de asquito. Para Boni bañarse no era ninguna necesidad.

Pero aquí no hay elefantes, le aclaró Cuca, cortés.

Lo sé, señora, reconoció Boni. Pero si quiero ser un buen mahout debo seguir las enseñanzas del Maharishi Mahesh Yogi. Por eso he venido a meditar con ustedes.

Pues bienvenido, namasté Boni, comentó Cuca. Vamos a comenzar otra vez desde el principio. Y procedió a encender dos inciensos más y a prender el aire acondicionado para que disipara un poco la peste.

Antes de que volviera a sonar el rovtop un hombre de dos metros de estatura apareció en la puerta maldiciendo en plautdietsch. Era Samuel, el padre de Boni. Había conducido casi cinco horas desde Cuauhtémoc, Chihuahua. Estaba seguro de que lo encontraría en Casa Tíbet.

Cálzate las botas y vámonos, le gritó al jalarlo de la patilla con enjundia.

Boni se retorció de dolor pero no emitió quejido alguno. Sin embargo, apenas la camioneta comenzó a alejarse de Ciudad Juárez comenzó a sollozar. No era la primera vez que escapaba. Se fugaba siempre que había oportunidad. Sabía lo que le aguardaba al llegar a casa. Permanecería encadenado a su cama una semana como castigo por haberse fugado

Todo el trayecto tuvo que soportar las recriminaciones de su padre.

Nacimos menonitas y moriremos menonitas. Somos anabaptistas. No debemos rendir culto a otros credos.

Boni contemplaba en silencio el desierto por la ventana.

No entiendo, vociferaba su padre, por qué chingados quieres ser budista. Eso es traición.

Los reclamos hicieron respingar a Boni.

Tú también eres un traidor. Abandonaste la comunidad para trasladarnos a la ciudad. Quién dijo que tengo que quedarme toda la vida en un crucero a vender quesos.

Encendido por la acusación, Samuel detuvo la troca a orillas de la carretera y sacó una banda de motor de debajo del asiento. Con ella empezó a atizarle chicotazos a Boni. El muchacho se enroscó para evitar que le alcanzara a pegar en el rostro. Cuando se le hubo cansado el brazo, Samuel echó a andar la camioneta jadeando.

Mientras retomaba el camino se topó de frente con un convoy. Era un circo que se dirigía a Ciudad Juárez.

Kilómetros adelante, Samuel volvió a atosigar a Boni.

Te desconozco, le gruñó. Desde este momento no eres más mi sangre, maldijo.

Qué suertudo eres tú, le susurró Boni lo suficientemente alto para que lo escuchara. Tú sí puedes renunciar a ser mi padre. Pero yo no puedo renunciar a ser tu hijo. Si pudiera, podría elegir mi propio destino.

Nunca había visto a un menonita beber Tonayán, bromeó el Pana, un inmigrante de 1.45 de estatura.

El elefante blanco fungía como cementerio de botellas de pisto y de cerveza. La estructura abandonada también servía como refugio a pránganas e indocumentados. La construcción había quedado semiderruida a granadazos, consecuencia de la guerra contra el narco. Edificios en las mismas condiciones decoraban toda la ciudad.

El Tonayán, al que los teporochillos llamaban cariñosamente Tony, era un sucedáneo de mezcal baratísimo, famoso por haber causado tantas bajas como el desierto, que mataba a cientos de personas que cruzaban la frontera de ilegales. Era la bebida favorita del Pana. La había descubierto montado encima de La Bestia, el tren que lo trasladó a Ciudad Juárez desde Ciudad Hidalgo, Chiapas. Un sudaca le había pasado la botella y se aficionó desde el primer trago. Apenas se apeó del vagón, corrió a un semáforo a pedir limosna para comprarse un Tony.

Por qué hablas curioso, le preguntó Boni al Pana.

Pucha, el que habla chistoso eres tú, le respondió. Yo creía que los menonitas no hablaban español.

Es la única lengua que sé. Mis hermanas aprendieron plautdietsch. Yo siempre me negué.

¿Plautchqué?, remedó el Pana.

Una variante del alemán. Pero no el que se estila en Berlín.

Ah, alemán ranchero, sonrió socarrón.

¿Me brindas otro facho?

Claro que yes, contestó el enano.

¿Vienes huyendo?

Podría decirse que sí.

Yo también hui. De Cuauhtémoc.

Uy, yo vengo de más lejos.

¿Y de donde provienes hay menonitas?

Unos poquiticos. Pero no se mezclan. Eres el primer menón que conozco. De quién te escondes.

De mi padre. Tú quieres cruzar al Chuco, ¿verdad?

¿El Chuco?

El Paso. Al otro lado.

Es correcto, pero no he reunido el dinero suficiente para pagarle al pollero.

Dice mi padre que cobran una fortuna.

¿A qué tú puedes cruzar sin papeles?

Sí, puedo ir y volver cuanto se me antoje.

Suertudo tú.

¿Suertudo? No sabes lo que dices. Ser menonita es harto complicado.

Y qué haces en Juárez. Por qué no estás con los tuyos.

¿Sabes lo que es la meditación trascendental?

¿Eso es una religión?

Más o menos.

¿Entonces viniste a estudiar?

Vine a prepararme.

¿Para ser monje?

Para mahout, pero mi padre se opone.

Coño, y qué vas a hacer.

Voy a alcanzar la iluminación. Para demostrarle que está equivocado.

Y eso cómo se consigue.

Es sencillo. Si tú quisieras también podrías trascender. Y no necesitarías pagarle a un coyote para cruzar la línea.

A ver, a ver, explícame eso, rogó el Pana, mientras sacaba de su mochila ajada otra botella de Tony.

Yo te voy a enseñar. Pero tienes que acompañarme al circo de don Cheto.

¿Al circo? Y cómo pa qué.

Están solicitando ayudantes. Y necesito esconderme para que mi padre no me encuentre.

¿Y hay plata?

Nos pagarían, sí. Y a lo mejor hasta nos darían de comer.

No se diga más, hace días que sólo tengo un burrito en la tripa. No me vendría mal alimentarme.

Pásame el Tony, le dijo y estiró la mano.

Oye, ni me has dicho cómo te llamas.

Boni, respondió y se empinó la botella como todo un profesional.

Yo soy el Pana, mucho gusto, hermano. Qué rápido que le agarraste el gusto al Tony, eh.

Esta bebida es sagrada. Nos va a ayudar a alcanzar el estado mental que necesitamos para trascender.

¿Sagrada, dices? Jajajaja, se carcajeó el Pana y prendió un cigarro.

No, muchacho, le explicó don Cheto, hace años que los circos ya no exhibimos animales.

Las palabras del dueño de la carpa desmoralizaron a Boni. Desde que se había fugado de casa fantaseaba con cuidar de un elefante. Bañarlo, procurarle plantas, yerbas, frutas y barrerle sus boñigas. Darle besitos.

¿Nos puede ofrecer trabajo?, inquirió el Pana.

Sí, ocupo dos peones. La paga es poca, pero sólo damos dos funciones. Y pueden ver el espectáculo gratis las veces que quieran.

Vámonos de aquí, Pana, ordenó Boni.

Concha tu madre, exclamó el Pana. No tenemos adónde ir.

Sí tenemos, a la casa del migrante.

Tú estás loco, man. Ahí no me paro ni a beber agua.

¿Les interesa la chamba o no?, amenazó don Cheto.

La queremos, señor, medió el Pana. Mi amigo está puesto. Ya controlo.

Ta bueno pues, a jalar. ¿Ven aquel carromato? Ahí les entregarán unos volantes para que los repartan en el centro.

Boni y el Pana caminaron bajo el solazo noqueador de las cuatro de la tarde.

Voy a necesitar un sombrero como el tuyo, dedujo el Pana.

Le entregaron un bonche de volantes a cada uno y los treparon a una camioneta con una bocina gigante amarrada al techo del vehículo. A paso de elefante la troca se internó en las calles del barrio Chaveña. Del altavoz salía una grabación que anunciaba los horarios de las funciones. Niños, traigan a sus papás, invitaba un desconocido. Probablemente don Cheto.

El Pana sacó de su mochila percudida el Tony y le pegó un trago.

¿No me regalas un viaje?, le preguntó el chofer.

El Pana le pasó la botella y el conductor hizo gárgaras.

No se me atiricien, indicó. Los recojo en dos horas.

Antes del eje vial Juan Gabriel, se bajaron de la troca y caminaron hacia la avenida Juárez. Parecían un acto del circo mismo. Un menonita de casi dos metros de altura acompañado por un enanito con acento sudaca no pasaban desapercibidos para nadie. Pasaron por afuera del Kentucky Bar y llegaron hasta la garita Paso del Norte. El Pana contempló con añoranza el puente internacional.

Yo te voy a cruzar al otro lado, le aseguró Boni.

¿Me vas a meter de contrabando en un camión repleto de quesos?

No, Panita. Te voy a adiestrar. Y vas a burlar la frontera tú solo.

Enséñame ya, qué esperamos. De aquel lado el sol es más benévolo.

Mañana te voy a llevar a un lugar en donde vas a saber cómo trascender.

Y mientras qué.

Esta noche dormiremos en el circo. Seguro mi padre anda merodeando por el centro y no conviene acercarnos.

Repartieron todos los volantes, compraron dos litros de Tony en la vinata y emprendieron el regreso.

Como cada miércoles, Casa Tíbet rebosaba de practicantes. Más de cuarenta asistentes aperraban la sala.

Alcanzaron los últimos dos zafu libres.

Cuca hizo sonar el rovtop, pero antes de que comenzara a guiar la meditación la buchona intelectual la armó de pedo. Para su mala suerte, Boni y el Pana se habían sentado justo a su lado.

Apesta horrible a cruda, prorrumpió escandalizada.

Qué gusto tenerte de regreso, Boni, saludó Cuca.

Buenas tardes, señora, atendió el menón.

Volvió el güero de rancho, se mofó el gordo exalcohólico y los asistentes pusieron cara de empacho.

Que saque la pizza menonita, susurró uno.

Sí, que la role, secundó alguien más.

Larguémonos de este lugar, le rogó el Pana a Boni. ¿No viste los carrazos que están estacionados afuera? Esta gente es de la jaig. No encajamos aquí.

Veo que no vienes solo, continúa Cuca. Quién es tu amigo.

El Pana, respondió. Proviene del sur.

Sí. ¿Pamela?, dijo Cuca al ver a la buchona intelectual levantar la mano.

¿Me puedo cambiar de lugar? Es que siento ganas de vomitar.

Sí, ven, ponte a mi lado.

Hay que abrirnos como latas de jalapeños, insistió el indocumentado.

Tranquilo, Pana, trató de serenarlo Boni. Tienes que meditar para alcanzar la iluminación.

Con un toque enérgico en el rovtop Cuca hizo callar el murmullo que se había desatado en la sala.

Según el Dalái Lama, aclaró Cuca, la meditación es para todos. Y Boni y el Pana tienen derecho a estar aquí como cualquiera de nosotros.

Yo me piro, man, anunció el Pana.

Recordemos las palabras de Chetsang Rinpoch: "La mente es la fuente de toda felicidad y de todo sufrimiento".

Relax, Pana, le dijo Boni, escucha lo que dice la señora.

La única fuente de la felicidad es el Tony, desafió, se puso los tenis chamagosos y se marchó.

Vamos a recomponer, atajó Cuca. E hizo sonar de nuevo el rovtop, esta vez de manera gentil.

Pero la paz estaba vedada a aquella sesión en Casa Tíbet, porque enseguida apareció Samuel con la banda de motor en la mano. En cuanto ubicó a su hijo se le dejó ir a chicotazos. A gatas, Boni se escurrió entre los practicantes hasta agazaparse detrás de Cuca.

Se puede saber por qué le pega, le reclamó Cuca a Samuel. Era la primera vez que alzaba la voz frente a la efigie de Siddhartha Gautama.

Porque es mi hijo, respondió.

Eso no le da ningún derecho, continuó Cuca a todo volumen, ante los atónitos asistentes, que estaban ahí en busca de relajación.

Boni aprovechó la alegadera para escabullirse por una ventana. Corrió varias cuadras y no se detuvo hasta asegurarse de que su padre no lo perseguía en la troca. La carrera le removió la sed. Se le antojó en un largo trago de Tony en las rocas. Dio un par de pasos y sintió el asfalto deforme en las plantas de los pies. Fue cuando se percató de que había olvidado las botas.

Encontró al Pana en el elefante blanco. Instalado como príncipe mendigo a sus anchas en un destartalado sillón de dos plazas.

Épale, ¿te vas a acabar el Tony tú solo díscolo?, lo vaciló Boni.

Y ora tú, por qué andas descalzo, atajó el Pana.

Me olvidé las botas en Casa Tíbet.

Menudo embuste me encajaste tú, gimoteó el Pana. Te creí todo el verbo. Me había convencido de que me ayudarías a cruzar la frontera.

No son charras, Panita. Todavía puedes trascender la migra. Pero entiende, para conseguirlo tienes que ser discípulo del Maharishi.

El Tony ya te lampreó el cerebro, man.

No subestimes el poder del Tonayán.

Para nada, hermano. Al contrario. No tengo duda de que ya alcanzaste la iluminación.

Pronto te demostraré de lo que es capaz la mente. Pero antes necesito recuperar mis botas.

Yo lo que requiero es juntar dólares para pagarle al pollero. Mientras tenemos que volver al circo. A sacar unos pesos para que la reserva del Tony no se agote.

Tengo un plan. Pero primero acompáñame a Casa Tíbet.

Está peligrosa la jugada, hermano. Seguro tu papá está de guardia a la espera de que aparezcas.

Te esperaré en la esquina. Mientras tú rescatas las botas. Las ocultas en tu mochila.

¿Crees que me siga?

No, se quedará estacado ahí hasta que yo aparezca.

Hicieron unos buches de Tony y emprendieron la misión. Y como lo sospechaban, Samuel estaba apostado en su camioneta a unos metros de Casa Tíbet. El Pana entró y se apoderó de las botas que descansaban solitarias junto a la réplica del Dios de la Fortuna a escala. Boni se las ensartó sin calcetines.

Ya me compraré unos, dijo al desechar los que traía, ya todos agujerados de varios kilómetros que anduvo.

Al arribar al circo se llevaron un chasco.

No, muchachos. Hoy no habrá funciones, informó don Cheto. Ayer sólo hubo cinco personas de público. Como esto siga así vamos a levantar los triques y a largamos a otra ciudad. Para eso sí los voy a necesitar, para desmontar. Así que no se me desaparezcan.

Y ora qué hacemos, le preguntó el Pana a Boni.

Caminaron con la pesadumbre en la panza hasta la parada del camión y se treparon a una ruta con dirección al centro histórico. Se bajaron y comenzaron a andar sin rumbo definido, bajo un sol que taladraba la mollera. Hasta que toparon con la estatua de Tin Tan. La visión del cómico de bronce le alumbró a Boni el pensamiento. Le echó un brazo encima de los hombros a Germán Valdés y le extendió su sombrero al Pana.

Orita vamos a reunir pal Tony, Panita, promis, le aseguró.

Se situó a dos metros de Tin Tan y adoptó la posición de flor de loto. Cerró los ojos y comenzó a inhalar y a exhalar por la nariz concentradísimo. El Pana cruzó los brazos en un gesto de desconcierto. No entendía cómo con aquello juntarían algún dinero. Entonces ocurrió lo impredecible. El menonita comenzó a levitar. Primero se despegó del suelo unos centímetros. Luego se quedó suspendido unos segundos. Y después se elevó hasta más o menos metro y medio de altura. De inmediato la gente se comenzó a congregar. El Pana no desaprovechó ni un segundo para pasar el sombrero entre la concurrencia. La gente aflojaba morralla y billetes de dólar en su intento por descifrar en dónde residía el truco. A lo que el Pana reaccionó de inmediato como había visto hacerlo a los magos de la televisión.

Nada por aquí, nada por acá, dijo pasando el sombrero por el espacio formado entre el cuerpo de Boni y el suelo.

Segundos después el menonita comenzó su descenso. Todo el numerito había durado tres minutos. Una vez en tierra abrió los ojos y se puso de pie. Jaló al Pana del brazo y se apresuraron a alejarse de ahí. Pero era demasiado tarde. Alguien había grabado el espectáculo con su celular y no tardaría en subirlo a internet. Y lo convertiría en estrella.

Coño, Boni, pero cómo hiciste eso, interpeló el Pana con una mezcla de azoro y excitación.

Te lo advertí, Panita, pero no me creíste.

Lo que acabas de hacer es algo muy gordo, hermano.

Es trascendencia pura. Si siguieras las enseñanzas del Maharishi tú también podrías hacerlo.

Qué mierda, pues mañana mismo volvemos a ese jodido lugar, aunque esté lleno de señoras copetonas, y me pongo a meditar.

¿Cuánto juntamos?

Veintiocho dólares y doscientos pesos.

Con eso nos alcanza para el Tony hoy y mañana.

Por supuesto, compadre. Y sobra para un sombrero. Quiero uno igualito al tuyo. Pa protegerme de este maldito sol. Además quiero parecerme a ti. Ahora tú eres mi héroe.

Se guarecieron en el elefante blanco. Compraron hielos, vasos, un refresco de toronja y una yelera de unicel. Ah, la buena vida. Agasajarse con unos cocteles. Era una ocasión para celebrar.

Qué a toda madre se está aquí, confesó Boni.

Es nuestro palacete, contestó el Pana eufórico.

Qué era este lugar antes de ser puras ruinas.

Una biblioteca. Pero nunca lo fue.

Cómo lo supiste.

Me lo refirió un miembro del Escuadrón de la Muerte. Uno de esos vejetes que fuman crico en las vías del tren.

No le cuentes a nadie que tengo el don de levitar.

No, hermano, cómo crees. Nada de publicidad.

Mi padre me quiere pepenar y si me caza…

Calma, Boni, ni que lo digas. Te lleva pa Cuauhtémoc y qué hago en estas calles sin ti. Tú eres mi hermano.

Tú eres mi camaradota chidote, Pana, dijo y lo abrazó.

Empezaba a oscurecer. Contaban con suficiente Tony para preocuparse por el tiempo o por cualquier cosa. Pasarían la noche en el elefante blanco. Desparramados sobre el sillón destripado. Era la hora en que los trabajadores salían de las maquilas. A lo lejos se escuchó una ráfaga de arma de grueso calibre. Disparos anónimos. Como las personas que desaparecían cada segundo engullidas por la frontera. Mujeres y hombres que de un momento a otro se convertían en estadística. Boni y el Pana no ignoraban que en cualquier instante podrían sumarse a la cifra. Si los secuestraban para sacrificarlos en un rito satánico, o para tráfico de órganos, su existencia se tornaría puro ruido de fondo.

Una música surgió de la nada y el Pana se levantó a bailar.

Oye nomás ese cumbión.

¿De dónde viene ese sonidazo?, preguntó Boni arrebatado.

Del bar de la esquina.

Aquí lo tenemos todo, observó satisfecho. Y sin que nadie nos moleste.

Así es, corroboró el Pana. Somos clandestinos.

No me voy a ir nunca de este lugar.

Ni falta que hace. Éste es nuestro centro de operaciones.

El Pana se preparó otro trago. Por primera vez desde que había recalado en Ciudad Juárez sintió que cruzar al otro lado era factible. Que estaba más cerca que nunca del suelo gringo. Acariciaba la posibilidad en silencio. Con una sonrisa beatífica en el rostro. No sería uno más de tantos migrantes que llegaban a la frontera y se quedan atrapados en ella. El regreso era una imposibilidad. Sólo se podía avanzar. Y esa noche comprobó que los milagros existen.

¿Ahora me crees?, lo increpó Boni.

Perdóname, hermano, se disculpó el Pana. Conocí tanto charlatán en mi pueblo que me hice inmune. Pero ya abrí los ojos. La trascendencia no es ninguna chapuza.

Las enseñanzas del Maharishi no son ninguna estafa.

Te creo, te creo, ya no tienes que convencerme.

¿Me obedecerás en todo lo que te diga?

Por supuesto, hermano. Soy barro fresco. Listo pa amoldarme.

Mañana volveremos a Casa Tíbet y aprenderás lo básico para la meditación.

Sí, sí, lo que tú digas. Tú eres el boss aquí. Pero ¿y tu padre? No dudes que va a estar fildeando afuera.

Lo tengo contemplado. Espero en sueños vislumbrar la clave para burlarlo.

Eres grande, hermano, lisonjeó el Pana. Salud por el Maharishi, dijo y alzó su vaso de plástico rojo.

A las nueve de la noche comenzaron a arribar los otros inquilinos del elefante blanco. Homeless de todos los sabores: parejas de indigentes ganosos de un rincón para manosearse, catarrines temblorosos en busca de alguien que se apiadara a compartirles un trago, malabaristas y payasitos de semáforo, adictos a la piedra, minusválidos de crucero, hijos de familia que inhalaban tolueno y descarriados en general por puro amor al deporte de la miseria.

Si supieran, dijo en voz baja el Pana. Si supieran con quién estoy.

No seas paletón, Pana, cállate, le susurró Boni enérgico.

Okey, mi hermano. No te alteres.

No me altero. Pero no seas promotor del chisme.

Los faros de un carro encandilaron el interior del elefante blanco. Un grito de júbilo estalló entre la concurrencia. Era un díler. Varios corrieron a surtirse de material para fumar.

Ya me estoy empedando, Panita, confesó Boni.

Yo ando borracho desde hace un chico rato.

Tengo un chingo de sueño.

Duérmete, yo te cuido.

¿Y si me echan el guante?

Easy boy, seré tu nana. Yo patrullo.

Apenas Boni comenzó a roncar, el Pana se embutió los tenis y abandonó el puesto de vigilante.

Recorría las banquetas con la cabeza espumeante de planes. Cada tanto se detenía y oteaba la frontera. Pensaba en los cientos de mojados que en ese mismo momento estarían de camino hacia el otro lado. Hondureños, guatemaltecos, salvadoreños. No tardaría en sumarse al éxodo, se relamía. Ciudad Juárez estaba diseñada para aniquilarte. Las calles largas como un mal sueño que ha durado demasiado, sin taxis, coches a la vista o testigos de ninguna índole y sumergidas en la penumbra, eran propicias para tu extinción. Pero si lograbas sobrevivir a todo aquello, la ciudad era la última estación antes de alcanzar el primer mundo. Y el Pana había pasado la prueba. Era cuestión de tiempo para que no volviera a pasar hambre jamás.

Voy a alcanzar el Nirvana, dijo para sí mismo. Le enseñaré a Boni lo que es la verdadera espiritualidad.

Caminó varios kilómetros sobreexcitado, como si acabara de descubrir la fórmula de la felicidad. Suspiró de alivio al comprobar que el circo todavía no abandonaba la ciudad. Los carromatos que servían de lecho a los payasos estaban en silencio. Pero del camerino de don Cheto emergía una luz paliducha. El Pana tocó la puerta con muchos güevos. No obtuvo respuesta. Sacó del bolsillo una moneda y aporreó el reducido cristal que tenía pintada una estrella plateada. Se escuchó un crujido y a una mujer maldecir. La puerta se abrió y apareció el dueño.

Quién chingados, refunfuñó.

Buenas noches, don Cheto, saludó el Pana.

Ah, eres tú muchacho. Qué fregados quieres. ¿No ves que son las doce?

Perdone, es que le tengo un bisne.

Olvídate de enjuagues. Mañana levantamos el changarro y nos largamos. Pero qué bueno que viniste. Regresa al amanecer. Y tráete al descolorido. Los voy a necesitar.

Vine a hacerle una proposición.

No me interesa, muchacho. El circo está muerto. Este año ha sido el más charro de todos.

Con mi propuesta va a vender miles de boletos. Si no es que millones.

Ay, muchacho, lo hemos intentado todo. Hasta lucha libre de enanos. Estoy bien harto. Voy a vender todo y me dedicaré a las peleas de gallos.

El menón tiene poderes.

¿El descolorido? Qué poderes.

Puede flotar.

Muchacho, muchacho. El Tonayán ya te desmadró el cerebro. Tenía que pasar. Beben tanto ese veneno que ni modo que no les afecte.

No es charra. Lo guaché yo mero. Flota. Se despega del suelo como un metro.

¿Ya también le están poniendo al cristal?

Le juro que es verdad, don Cheto. Pa mí que el menonita es un ángel.

¿Un ángel? ¿Aquí? ¿En Ciudad Juárez? ¿En esta tierra del mal?

Pues por eso mismo. Los milagros ocurren donde la gente más adora al diablo.

El Pana le desmenuzó lo ocurrido frente a la estatua de Tin Tan. Mientras escuchaba, don Cheto maquilaba una artimaña para sacarle partido a las fantasías del Pana. Era un hombre desesperado. ¿Y si hacía al descolorido planear por los aires sujeto de hilos invisibles?

Supongamos que es cierto, que el descolorido tiene el don, ¿qué pides a cambio?

Yo no quiero ser su socio. Ni parte de las ganancias. Yo le entrego al menón y usted me paga a un pollero que me cruce al otro lado.

Te dicen el menso, ¿eda? ¿Sabes cuánto cuesta cruzar a una persona?

Es una inversión menor en comparación con todo lo que va a ganar.

Te voy a obsequiar el beneficio de la duda, dijo don Cheto. Si me demuestras que el menonita es capaz de elevarse, entonces hablaremos de cruzarte.

Se treparon en la troca. En el horizonte resplandecía el cerro con la leyenda "La Biblia es la verdad. Léela". La frase estaba ahí desde 1987. Los postes lucían tapizados de volantes con avisos de se busca con nombres de mujeres y niñas desaparecidas.

Conforme avanzaban don Cheto se convencía a sí mismo de que podría funcionar. Fraudes espiritistas se perpetraban a cada minuto en todo el país. La superchería era parte de la canasta básica.

La troca entró de reversa al elefante blanco. Boni estaba ahogado en Tonayán y no se dio cuenta de que lo levantaron con todo y sillón y lo depositaron en la caja. Con el menonita en sus garras, don Cheto arrancó de regreso al circo. Todo el trayecto Boni permaneció dormido. Si hubiera despertado habría descubierto que se desplazaba al aire libre sin apelar a su voluntad. Ajeno a la trascendencia. Como si realizara un pase de magia distinto a sus deseos.

Al llegar al circo bajaron el sillón de la troca y Boni continuaba out. Don Cheto se fue a dormir y el Pana se dejó caer junto al menonita.

El sol, que le pegaba en la mera jeta, despertó a Boni. Se le había formado un bigote de puro sudor. Miró al Pana a su lado y lo zangoloteó.

Dónde estamos.

En el circo, le contestó mientras se estiraba para despertarse por completo.

Qué hacemos aquí.

Nuestros problemas se acabaron.

De qué carajo hablas.

Basta que le hagas a don Cheto el numerito de flotar y te hará la atracción principal.

El trascender no es un juego, Pana.

No, hermano, ya lo sé. Pero serás reconocido. Recorrerás el país.

No, Pana, no comprendes. No se trasciende para convertirse en bufón.

Es una oportunidad, hermano. Tu padre nunca te encontrará. Y como viajarás por distintas ciudades algún día pisarás una con elefantes. Y podrás trabajar de mahout.

No pienso usar la trascendencia para ganar notoriedad.

No seas necio, hermano, don Cheto quiere ayudarnos a salir del pozo en el que estamos sumidos. No será para siempre. Sólo en lo que ganamos algo de plata. Ni pa un panecito traemos.

¿Qué no era tu intención cruzar pal gabacho?

Eso era antes de encontrarte. Somos un equipo. ¿O no eres mi sangre?

Claro que sí, Pana. Pero agarra el pedo, no puedo lucrar con las enseñanzas del Mahareshi.

La puerta del camerino se abrió y apareció don Cheto con dos cazos de frijoles de la olla y un hatillo de tortillas calientitas. Hacía días que no tragaban.

Respiren, respiren, recomendaba don Cheto mientras se atragantaban. Cuando terminaron de lamerse los dedos el dueño del circo se abrió de capa. Me dice el Pana que te sabes un truquito que podría ser muy redituable, le dijo a Boni.

Lo es. Y bastante. Para la mente.

A ver, explícame cómo está el chanchullo.

¿Ha escuchado hablar de la meditación trascendental?

Poco, la mera verdad. ¿Es una afición de señoras ricas, qué no?

Se equivoca, don Cheto. Es el acto de trascender.

A ver, explícame.

El Mahareshi le otorga a cada uno de nosotros un mantra. Y con él accedemos a la trascendencia.

Y dónde lo localiza uno al Mahareshi ese.

En tu interior.

Ah, carajo, intervino el Pana. Yo pensé que en la India.

Murió en 2008, aclaró Boni.

Bueno, cortó don Cheto. Ya estuvo de averiguadera. Muéstrame el tal acto de la trascendencia.

El menonita adoptó la posición de flor de loto y cerró los ojos. Pasaron cinco minutos.

Flota, hermano, rogaba el Pana. Flota.

Pero Boni no se despegaba del suelo.

Pasaron otros cinco minutos y el menonita permaneció inmóvil sobre la superficie.

Me temía que era puro arguende, concluyó don Cheto.

No es ningún engaño, esclareció Boni y abrió los ojos. Es el único camino hacia la trascendencia.

Nunca le creí al soflamero este.

Qué pasó, hermano, berreó el Pana. No me haga esto. Me está dejando como un pendejo. Y mentiroso. Y tramposo.

No eres nada de eso, Pana. Todo lo que has dicho es verdad. La trascendencia es posible.

Basta de habladurías, terció don Cheto. No todo está perdido. Todavía podemos vender el acto. Te anunciaremos como el albino volador. Te elevaremos por un sistema hidráulico invisible para el público.

Pero yo no soy albino, se quejó Boni. Soy menonita.

Nadie va a comprar entradas para ver a un menonita, discrepó don Cheto, hay montones por todo el estado. Serás el albino volador. Mañana te debutamos.

Éste sólo es menonita cuando le conviene, si lo oyera su papá, repuso el Pana agüitado porque se le acababa de escapar su boleto para cruzar a los Yunaites.

Despiértate, cabrón, gritó don Cheto mientras lo agarraba a sombrerazos con su propio gorro.

Qué ocurre, se quejó el Pana.

Qué ocurre, güey, que el otro gorrudo se largó.

Quién.

El descolorido.

Mire, don Cheto, ingenió el Pana. El truquito rascuache del ángel avioneta no se lo va a chutar nadie. Olvidémonos del asunto. Hoy mismo me arrimaré pa pedir jale en una maquiladora, de obrero, en la cocina o ya de perdis como barrendero, concluyó resignado.

A ver, a ver, calmao calmadito, maquiloco, dijo don Cheto y desenfundó su celular. Necesito que me expliques esto.

En la pantalla se observaba a Boni levitar junto a la estatua de Tin Tan. El video de YouTube sobrepasaba las diez mil reproducciones.

Se lo dije, chilló el Pana. Se lo dije, viejo zonzo. El menonita sabe colgarse de la nada.

En la vida en el circo se miran muchos desgarriates, tantos que lo vuelven a uno descreído. ¿A poco te afiguras que me voy a tragar el cuento de que se puede suspender en el aire? Explícame en qué consiste la maña.

No hay tal. Se lo juro por María Auxiliadora, el Boni tiene el don.

El video está truqueado con efectos especiales. Sólo los pájaros y los aviones pueden volar. Pa mí que ese pinche Hare Krishna está sostenido con hilos invisibles por un dron.

Ah, qué don Cheto tan arremangado, como dicen: ta viendo y no ve.

Lo desconvencido no se me va a espantar hasta que lo guaché a dos metros de mi persona. Pero sea cierto o no, quiero el acto para mi circo.

Se va usté a cuajar. Va a romper récord de taquilla. Las películas de superhéroes se van a quedar cortas.

Tú sabes dónde encontrarlo. Llévame con él.

¿Va a respetar nuestro acuerdo?

Es un trato, dijo don Cheto y le tendió la mano. Tú me entregas al albino y yo te pago el pollero pa que te cruce al Chuco.

Se treparon a la troca y enfilaron rumbo al centro. Don Cheto encendió la radio. Sonaba una canción de Juan Gabriel con Julión Álvarez. "A mí me gusta mucho estar en la frontera / porque la gente es más sencilla y más sincera". El Pana encendió un cigarro para malabarear los nervios. Su cabeza comenzó a chisporrotear preocupaciones. Sí, concluyó, también a él le gustaba la frontera. Aunque se pareciera demasiado a esa otra frontera: Guatemala. La Tijuanita. Donde casi lo matan.

Acelérele al cacharro, apresuró a don Cheto, tenemos que apañar a Boni antes de que lo secuestre su papá.

El elefante blanco relucía de lo semidesierto. Era la hora en que sus inquilinos, limosneros, limpiaparabrisas, payasitos de semáforo, vendedores de dulces o burritos, tomaban las calles para trapichear y conseguir sus golosinas nocturnas. Sólo unos cuantos rezagados, todavía crudos, tiritaban mientras se daban el último trago antes de salir. El Airbnb de Boni, el roído sofá, estaba vacío.

Me aseguraste que lo encontraríamos en este abandonadero, gruñó don Cheto.

Chingada madre, se lamentó el Pana. Aquí debería estar. Si no tiene a dónde ir, el canijo.

¿Y ora qué chingados?

No hay pierde, don Cheto. Caerá en cualquier momento. Acamparemos hasta que regrese. Y cuando aparezca, lo encazuelamos.

¿Y si alguien lo engatusa por ai mientras nosotros estamos aquí en la comedera de camote? Piénsale recio, un lote baldío, una iglesia, otro sitio en que pueda andar.

Qué día es hoy.

Miércoles.

Qué horas son.

Don Cheto miró el celular.

Quince pa las once, respondió.

Lotería, dijo el Pana. Ya sé ónde se esconde el angelito.

Sonó el rovtop y comenzó la clase.

Don Cheto y el Pana se descalzaron y ocuparon dos lugares al fondo del salón de Casa Tíbet. Advenedizos profesionales, adoptaron la postura de flor de loto junto a la buchona intelectual, quien puso cara de asquito mil. Alejados de la presencia supervisora de la instructora podrían escrutar a sus anchas. No tardaron en identificar a Boni. Al menonita se le había olvidado quitarse el sombrero.

En particular noten las sensaciones táctiles que acompañan al respirar en todo el cuerpo, guiaba Cuca, mientras don Cheto y el Pana cuchicheaban y no paraban de manotear.

Fue tanto el alboroto que armaron que la buchona intelectual interrumpió la práctica.

Sorry, miss, se dirigió a Cuca.

Ahora qué pasa, Pamela, le respondió armada de ancestral paciencia.

Qué pasa. Pues que tengo la peor de las suertes dharma. Siempre me toca la clase junto a mamarrachos. Estos dos intrusos no me permiten concentrarme.

Quiénes, inquirió Cuca. ¿Podrían ponerse de pie por favor?, les pidió a los revoltosos.

Pero antes de que don Cheto y el Pana pudieran mover un chacra siquiera, el padre de Boni apareció. Maldijo en plautdiestch, se sacó el cinturón y se abalanzó sobre su vástago. Justo en ese momento Boni comenzó a levitar. Primero unos cuantos centímetros. Luego un metro. Metro y medio. Y después salió flotando por la ventana. Cuca lo siguió echa madres. También Samuel, lo mismo que don Cheto y el Pana.

Boni sobrepasó los cables de alta tensión y continuó elevándose. Unos metros más arriba se quedó suspendido.

Dónde está, preguntó Cuca usando la mano como visera.

El solezote made in Juárez les impedía divisarlo.

Allí está, gritó la buchona intelectual, quien consiguió verlo gracias a sus lentes oscuros Ben & Frank, que nunca se quitaba porque aseguraba que con ellos meditaba mejor.

Ora, hay que averiguar cómo lo bajamos de ai, ladró don Cheto.

Hay que llamar a los bomberos, ingenió el Pana.

Ta muy alto, discernió don Cheto. Hay que pedirle un paro a los del noticiero. Necesitamos un helicóptero.

Qué helicóptero ni que diantres, rezongó Cuca. Déjenlo en paz. Va a bajar solo. ¿No lo comprenden? Boni es la reencarnación de Siddhartha Gautama en occidente.

La clase entera miraba al cielo incrédula.

Vamos a llamar a la marina, clamó el Pana.

Querrá decir a la Fuerza Aérea, replicó la buchona intelectual. A los guachos. A los que sean, remató.

No vamos a llamar a nadie, contrapuso Cuca. Vamos a esperar. A que descienda. Y a que nos transmita tremenda experiencia mística.

Samuel se aplastó en el escalón de la puerta de Casa Tíbet. Aguardaría hasta que Boni bajara y lo amarraría a su camioneta. A los pocos segundos Boni comenzó a desplazarse. Su padre se levantó en chinga y arrancó la camioneta detrás de su hijo. Lo siguieron don Cheto y el Pana en la otra troca. Y Cuca en su Mazda 3 del año color gris plata.

Boni permanecía en trance, imperturbable. Continuaba en flor de loto perfecta, con los ojos semicerrados. Planeaba sobre Juárez con aplicada naturalidad. Como si fuera un papalote. Cualquiera diría que se sabía de memoria los campos menonitas de tanto sobrevolarlos.

Recorrió barrios enteros. En la cima de la nada. Mientras abajo luchaban por seguirle el paso. Cruzaban semáforos en rojo, se metían en sentido contrario, saltaban camellones. A la altura del Chamizal ocurrió un fenómeno peculiar. Una corriente de aire desvió la trayectoria de Boni hacia El Paso. Lo sorprendente es que en esa época del año no soplaba ni una minimadre de viento. Ni siquiera lo suficiente para apagar un cerillo.

Los juarenses en las calles señalaban al cielo. Se divisaba un objeto volador no identificado. El de boca en boca se propagó a tal velocidad que apareció en el cielo el helicóptero de las fuerzas armadas. En la cabina se evaluó el objetivo. El Centro de Inteligencia consideró no dispararle porque se trataba de un menonita. Se ordenó su captura. Pero Boni se ubicaba justo encima de la garita. Por lo que se consideraba prácticamente en territorio norteamericano. Ya era pedo de los gringos.

Desde el suelo el Pana observaba achicopalado cómo Boni cumplía sus deseos de sudaca de cruzar sin papeles. Pero metros antes de ingresar por completo al Chuco, otra corriente de aire empujó a Boni hacia la dirección contraria. Samuel, Cuca, don Cheto y el Pana, que se habían quedado contemplando impotentes la ruta de Boni, volvieron a poner sus vehículos en marcha. El rumbo que tomó Boni lo condujo hacia el cerro de Juárez. El Centro de Inteligencia dio la orden de capturarlo vivo. Pero antes de que pudieran acercarse al objetivo, Boni se desplomó sobre la leyenda "La Biblia es la verdad. Léela". No aterrizó por su propia voluntad. Perdió altura de un momento a otro y se escuchó un aparatoso costalazo.

De una caída así nadie sale vivo, pensó don Cheto.

Pero Boni sí se salvó. Es así como los santos se fraguan su fama. Fue rescatado por un convoy de soldados. Lo trasladaron al Hospital Regional Militar. Había sido confiscado por el Ejército mexicano.

En la sala de urgencias se apeñuscaron Samuel, Cuca, don Cheto y el Pana a esperar informes de los doctores. Salpicados de silencio se escrutaban unos a otros. Sin mediar palabra. Temían que si hablaban habrían de aceptar el hecho por el que permanecían ahí reunidos. Que Boni había recorrido la ciudad levitando.

A ver si no termina de gurú este cabrón, pensó don Cheto.

Un reportero y un camarógrafo hacían guardia también. Tres horas después apareció un médico.

Familiares de Benito Bonifacio Reyes, llamó.

Samuel, Cuca, don Cheto y Boni se aproximaron.

Cómo está, preguntó Samuel.

¿Es usted el padre? preguntó.

No, intervino don Cheto, soy yo.

El médico lo observó con gesto de no me quiera ver la cara de pendejo si el único menonita que veo aquí es a este señor.

Es mi empleado, pero lo quiero como mi hijo, compuso don Cheto.

¿Es usted el padre?, acometió de nuevo.

Sí, soy yo, contestó Samuel. Y Benito preguntó temeroso: ¿Está vivo?

Sí, sobrevivió. Pero no volverá a caminar.

¿Qué tiene?

En realidad, es algo bastante sencillo, procedió a explicar el médico. Boni sufrió de un fenómeno aerostático. Cómo le explico para que me entienda. Ah, sí, mire. Le ocurrió lo mismo que sucede cuando a un globo lo inflan con helio. El calor del sol lo recalentó, el helio se evaporó y la gravedad hizo lo suyo.

Mentira, se entrometió el Pana. El menón voló. Eso es un milagro. No tiene nada que ver con la física.

Cállate, cállate, lo corrigió Cuca. Los milagros sólo existen para los católicos. Y Boni no voló. Levitó. Llegó a la iluminación como nuestro maestro universal Buda.

Como comprenderá, continuó el médico sin pelar al Pana y a Cuca, Benito Bonifacio se quedará en observación unos días y después de que le practiquemos unos estudios se lo devolveremos a su familia, es todo, dijo, dio media vuelta y desapareció.

Ya estuvo que estos guachos lo van a regresar, protestó don Cheto. El trato se acabó enano, le dijo al Pana y se largó.

No pueden quedárselo, es un secuestro, arremetió Cuca. Mi marido es amigo del alcalde. Nos lo devolverán sí o sí. Llamaré a todas las sedes de Casa Tíbet en México. No pueden arrebatarnos a la reencarnación de Buda.

Samuel no pronunció palabra. Se dejó caer confundido sobre una banca. Sólo deseaba que todo terminara para llevarse a su hijo a Cuauhtémoc.

Los hijos pueden renunciar a ser hijos, pero los padres nunca renuncian a ser padres, dijo el Pana y se dejó caer junto a Samuel, dispuesto a no moverse de la sala de espera por nada del mundo.

Samuel despertó con la espalda adolorida. La incomodidad de la silla le había provocado una contractura. Se percató de que no había comido en más de veinticuatro horas. Pero no tenía hambre. Necesitaba un café. Eran más de las doce del mediodía. El sol infatigable castigaba a Juárez como a un hijo desobediente. Cuca no estaba. Había ido a su casa a echarse un baño. A la una en punto de la tarde apareció el médico.

Puede pasar a ver al paciente, le informó. Está despierto. Tuvimos que aplicarle demasiada anestesia, pero ya abrió los ojos.

Gracias, dijo Samuel con desgana y se encaminó a la sala de recuperación.

Andaba con todos los remordimientos del mundo sobre los hombros. Se sentía dos personas distintas. Una que jalaba para un lado y quería pelar a Boni a cintarazos. Y otra que deseaba darle un abrazo y agradecer que seguía vivo.

Encontró el cuarto vacío.

Este cabrón se fue flotando, pensó.

Pero no se había producido una fuga. El Pana se lo había robado. Dos horas más tarde se encontraban los dos en el elefante blanco. Boni sobre una silla de ruedas y el Pana sobre el sofá roñoso.

Aguántame tantico, le dijo el Pana. Orita regreso. Estuvo ausente un tiempo que para Boni fue imposible determinar. El Pana regresó con varias botellas de Tonayán y un elefante de peluche.

Ira, mi mahout, dijo al darle el juguete a Boni.

Destapó una botella y bebieron hasta que cayó la noche.

A las nueve unos faros alumbraron el interior del elefante blanco. No era el díler. Era un pollero.

¿Así que éste es el menonita que vuela?, le preguntó al Pana.

Este mero es, respondió.

Ey, le hizo una seña a sus achichincles, ocupo una mano. Échenmelo a la camioneta, ordenó.

El Pana y el ayudante depositaron a Boni en el asiento de una Suburban como si fuera una barra de oro. Treparon la silla de ruedas y se internaron en la noche juareña.

Y a éste pa qué lo queremos, le preguntó un ayudante al pollero.

A este canijo le vamos a sembrar ocho kilos de cristal para que lo metan al bote. Ya dentro le tiene que enseñar su truquito de volar al patrón, pa que se fugue del penal por los cielos, explicó satisfecho.

Una hora y cuarto más tarde se estacionaron junto a un torton de tonelada y media. Un grupo de hombres y mujeres de nacionalidades indistintas hacían fila.

A este enano también, ordenó el pollero a un gordo con una gorra de Chihuahuas FC.

El Pana pidió permiso para despedirse de Boni.

Hermano, me has iluminado. Te quiero mucho cabrón, dijo y le besó la mano.

Ámonos pues, pinche llaverito, gritó el gordo de la gorra.

Adiós, le gritó el Pana a la frontera misma y se trepó al camión que lo conduciría hacia el corazón del Sueño Americano.

# Agradecimientos

A Daniel Guzmán, por ser el propiciador de "Sci fi ranchera", salud invertebrado. A Gustavo Ruvalcaba aka Rocker, aka Peineta, aka Churros, porque sin nuestras expediciones por Ciudad Juárez "El menonita zen" nunca habría existido. A Ligia Urroz, por el riff de su camaradería. A Juan Carlos Razo, por mimar a la Bestia. A Prosa Bonita, bass player. A Delia Juárez G., aka Patrona, por ser una chingona. Y a Mariana H, la conductora salvaje, por la complicidad etílica.

Esta obra se imprimió y encuadernó
en el mes de octubre de 2023,
en los talleres de Impregráfica Digital, S.A. de C.V.,
Av. Coyoacán 100–D, Col. Del Valle Norte,
C.P. 03103, Benito Juárez, Ciudad de México.